美得令人心醉的65篇古典散文

·遇见醉美古诗词

姜波 著

華齡出版社

责任编辑：林欣雨
责任印制：李未圻
封面设计：颜　森

图书在版编目（CIP）数据

美得令人心醉的65篇古典散文 / 姜波著. --北京：华龄出版社，2017.9
ISBN 978-7-5169-1060-3

Ⅰ.①美… Ⅱ.①姜… Ⅲ.①古典散文－文学欣赏－中国 Ⅳ.①I207.62

中国版本图书馆CIP数据核字（2017）第223814号

书　　名：美得令人心醉的65篇古典散文
作　　者：姜波　著
出版发行：华龄出版社
印　　刷：三河市越阳印务有限公司
版　　次：2018年3月第1版　　2018年3月第1次印刷
开　　本：660×960　1/16　　**印　　张**：14
字　　数：140千字
定　　价：32.00元

地　　址：北京市朝阳区东大桥斜街4号　　**邮编**：100020
电　　话：84044445（发行部）　　**传真**：84049572
网　　址：http://www.hualingpress.com
（如出现印装质量问题，调换联系电话：010-82865588）

版权所有，侵权必究

PREFACE

前言

苏轼评价王维“诗中有画，画中有诗”，这样的评语其实也适合先秦以来的文学传统。在文字的抒写进入自觉表达的时代以后，文人们的笔墨就不单单是抒情状物，而是在文字的田野中，以诗意的境界、士大夫的格调、社会性的意识浇灌一种称之为“人文精神”的岁月之花，在诗、画、意三体合一的追求中，构筑延绵不断的文学传统。

这朵盛开在代代相传的文学传统之上的奇异之花，在先秦之时，是生于连绵深邃的山岭上的一朵鸢尾，热烈绚丽而难以采撷。它虽只言片语，却又不失磅礴气势。它犹如时光的拾荒者，将《诗经》中遗落的细节，精心地编织到不讲对称，亦不求平仄的散文中，好让那个时代完整、丰盈。

及至汉代，它好似一朵典雅的散发着浓郁香气的郁金香，高贵华美却从不沾染俗艳之气。它韵散兼用，闻之，若要做到不动声色，实在是件让人为难的事情。

局势不宁、人心慌乱的魏晋南北朝，它转身幻化成夏日旺盛的莲，慷慨、鲜明、自在，至夜深，肆意伸展腰肢，醇香弥漫，不知不觉便让人染上戒不掉的瘾。

唐宋繁盛，千年未有，在这个风流的时代，在这个诗歌的国度，古典意象的散文开出了一朵随风摇曳的水仙花，清明如琥珀，澄净如琉璃。

明清之际，夕阳无限好，只是近黄昏，花团锦簇的繁盛景象，到此时，只剩凌寒盛开的梅花，以它独有的高洁、素雅，在世间慢慢散出清香，从来未曾有过一丝怠倦。

穿越千年的时光，那些有生命的文字，在黑夜与白日的轮替中，落满风尘，却又历久弥新，芳香如故。

本书撷取能入诗入画的古文名篇，与读者诸君一同鉴赏、分析，并沉醉其中。在这次古典散文的阅读之旅中，我们可以体味先秦之时的长篇大论；汉代骚人的雄壮大赋；魏晋南北朝文人如雨后的春笋的创作；唐宋文人一池春水、一剪斜风、一树碧柳、一片落红的诗情；明清之际散文的高洁、素雅，慢慢散出清香的风韵。

让我们一起还原美的时代，倾诉美的故事。

CONTENTS
目录

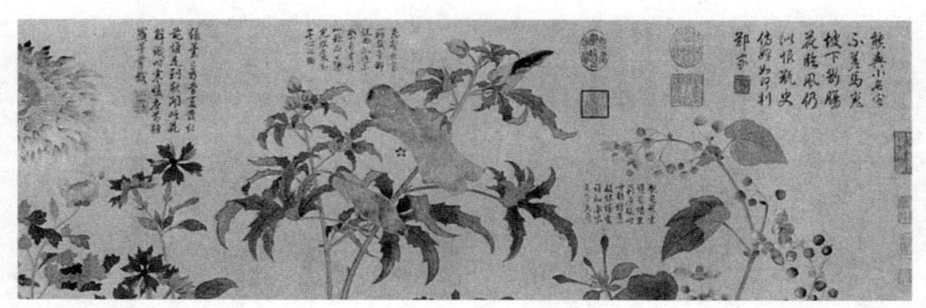

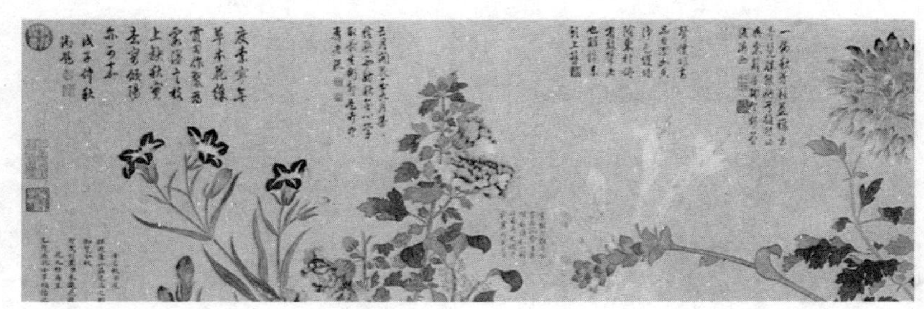

卷四◎谁在西楼上，浅吟低唱

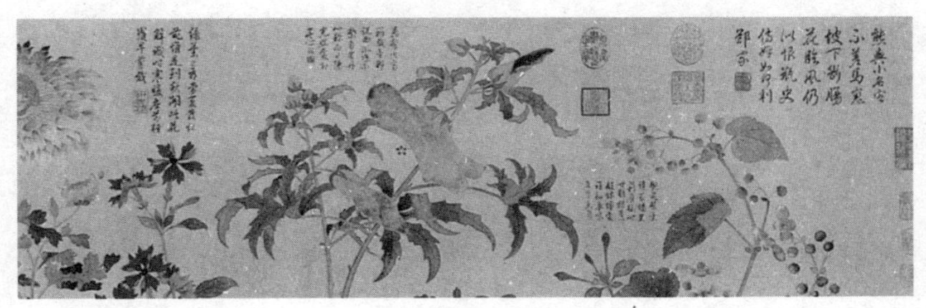

卷五◎生命路上，我们都是过客

卷六◎伤春悲秋，随他而去

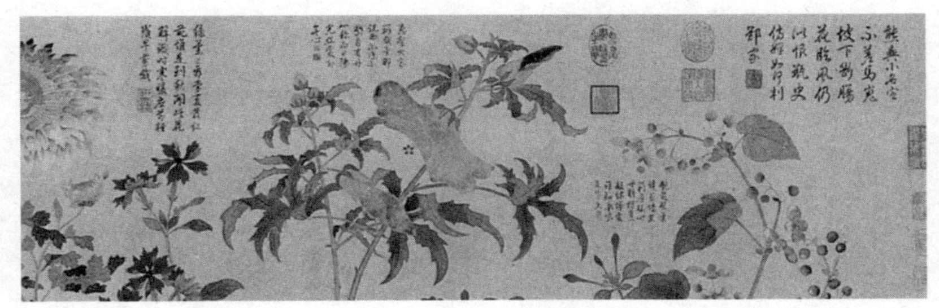

卷七◎这一趟人生穿梭，不虚此行

卷八◎历史总是这般教人遗憾

卷一　自赏的佳人，带着些许幽怨

红尘一梦，以永别落款。昨日的风景，到底不能再次相逢。几度花开花落，都已经与过去无关。

时光终究如烟

沈约《丽人赋》

有客弱冠[①]未仕，缔交戚里[②]，驰骛王室，遨游许史[③]。归而称曰：狭邪[④]才女，铜街[⑤]丽人。亭亭似月，嬿婉[⑥]如春。凝情待价。思尚衣巾[⑦]。芳逾散麝，色茂开莲。陆离[⑧]羽佩，杂错花钿[⑨]。响罗衣而不进，隐明灯而未前。中步檐[⑩]而一息，顺长廊而回归。池翻荷而纳影，风动竹而吹衣。薄暮延伫，宵分乃至。出暗入光，含羞隐媚。垂罗曳锦，鸣瑶动翠。来脱薄妆，去留余腻。沾妆委露，理鬓清渠。落花入领，微风动裾。

【注释】

①弱冠：泛指年轻人。《礼记·曲礼上》有云："二十曰弱，冠。"故有此称。

②戚里：指帝王外戚家聚居处，借指外戚。

③许史：西汉宣帝皇后许家、祖母史家，皆显赫一时。泛指有势力的外戚。

④狭邪：指街小巷曲。邪，这里通"斜"。因为这种街巷里多居住着娼妓，遂后世多以狭邪指娼妓居所。

⑤铜街：即铜驼街，在洛阳。因列置铜驼，故得此名，是为城内的繁华之所。此处借指京城中的繁华街道。

⑥嬿（yàn）婉：美好貌。

⑦尚衣巾：指侍奉男子。尚，侍奉。

⑧陆离：参差不齐、错综复杂的样子。

⑨钿：古代一种镶着金花的首饰。

⑩步檐：走廊。

虽说寂寞是让文字开花的土壤，但古时的风流文士，总是不愿辜负明媚的韶光，更不愿让自己的多情在角落里潜滋暗长。他们执意要让美酒美色充实享乐生涯，要让歌舞声色浸润笔墨纸张。于是，他们流连在红楼酒馆中，听着玉板红牙，坐拥红粉佳人，恨不得要在这片桃林醉乡里，昏睡百年。

时光终究如烟，在最好的年华里应当纵情风流。喝下几杯佳人碰过的美酒，弱冠少年不禁醺醺然，眼前的一切都迷离、惝恍起来，美人的一颦一笑更是牵动着他的心魂。她那俏丽姿容堪与皎洁的明月媲美，她那美好神韵可与明丽春日争光，她那淡雅体香可与麝香相比，她那夺人芳颜可与盛开之莲并序。容颜清雅动人，衣饰亦是精致婉丽。以羽装饰的环佩叮当作响，以金花镶刻的手镯贵而不俗。

美，是一种享受。自赏的佳人，多半带着些许幽怨。锦瑟年华、如花姿容，却沦落风尘，在繁华的闹市与风流的过客玩着情爱游戏。终日“凝情待价”，裸露着一颗芳心，期待被心仪之人俘获，却终究归了落寞。在烟花巷中谋爱，不过是做了爱的囚徒。而带着爱慕之心前来一尝美人姿色的男子，却是满心欢喜。纵然他并不打算做一只扑火的飞蛾，但从不愿辜负这玫瑰色的风月。

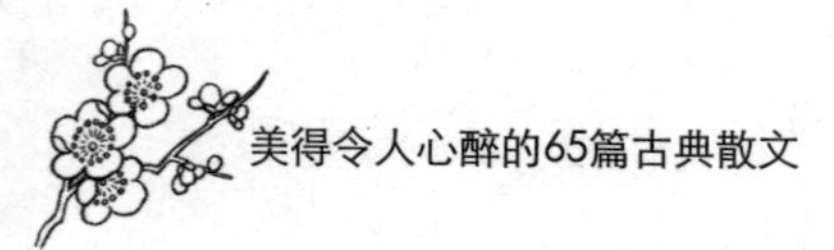

弱冠男子隐隐听闻佳人走来时罗衣摩擦的簌簌声，却遍寻不到她的窈窕身影。在满池荷花的映衬下，丽人纤细袅娜的身姿渐去渐远。轻风吹过竹林，她轻薄的罗衣飘逸飞扬，在他心里久久不落。忽明忽暗的灯光在风中摇曳，好似他无处安放的失望心情。尽管他知晓这不过是一场风月游戏，得与不得，都不该计较结果。或许在这一刻，他的惆怅道明，爱已不知在何时渐渐萌生。

她是红尘佳人，哪有让客人失望之理，千呼万唤之后，她终究莲步轻移，走至他面前。努力地爱，努力地被爱，都是回应这段明媚时光的最佳方式。丽人“薄暮延伫，宵分乃至”，出入时脸上含羞，面有媚态，锦衣飘飘，头饰摇摇。离去之时，她对着清渠时轻轻整理云鬓，一朵轻柔落花，偶然飘入她的衣领，微风吹来，拂动了纤薄的裙裾。

美，本身就是一种价值，但这份美好却又无比伤感。他已经爱上她，却还是没有勇气，摘下这朵为他盛放过的花朵，只得任她转身离去。

男人有意寻个红粉知己陪自己对月赏花，临风赋诗，只论风花雪月不谈柴米油盐；女子有心觅个沉稳靠山，除求衣食无虞，还盼被人妥帖安放，悉心珍藏，从此免受惊扰，不再风月场中曲意承欢。但情缘总是难以善始善终，曲终之时，即是天涯两相忘。

沈约作为南朝梁文学家的代表，写诗作赋，文辞艳丽，对偶精工。这首《丽人行》以男子的视角多方面描绘丽人，且摆脱了楚辞中“香草美人”的寄托传统，笔调虽带有骈赋富、轻、艳的特点，但音调之柔美、点染之轻灵值得赞誉。

俏立在凉薄的风中

萧绎《荡妇[①]秋思赋》

荡子之别十年，倡妇之居自怜。登楼一望，惟见远树含烟。平原如此，不知道路几千？天与水兮相逼，山与云兮共色。山则苍苍入汉[②]，水则涓涓不测。谁复堪见鸟飞，悲鸣只翼！秋何月而不清，月何秋而不明？况乃倡楼荡妇，对此伤情。于时露萎庭蕙，霜封阶砌。坐视带长，转看腰细。重以秋水文波，秋云似罗，日黯黯而将暮，风骚骚而渡河。妾怨回文之锦[③]，君思出塞之歌[④]。相思相望，路远如何！鬓飘蓬而渐乱，心怀愁而转叹。愁萦翠眉敛，啼多红粉漫。已矣哉！秋风起兮秋叶飞，春花落兮春日晖。春日迟迟犹可至，客子行行终不归。

【注释】

①荡妇：为荡子之妇。《古诗十九首·青青河畔草》中有云："荡子行不归，空床难独守。"

②汉：指云端、云霄。

③回文之锦：指可以倒读的回文诗。据《晋书·列女传》中载：窦滔因罪被发配至流沙，其妻苏蕙用锦织《璇玑图》为赠。这里代指妻子赠夫之言。

④出塞之歌：据《西京杂记》中载，汉高帝令戚夫人歌《出塞》《入塞》《望归》之曲，数百侍婢齐和，声入云霄。这里代指丈夫思归之歌。

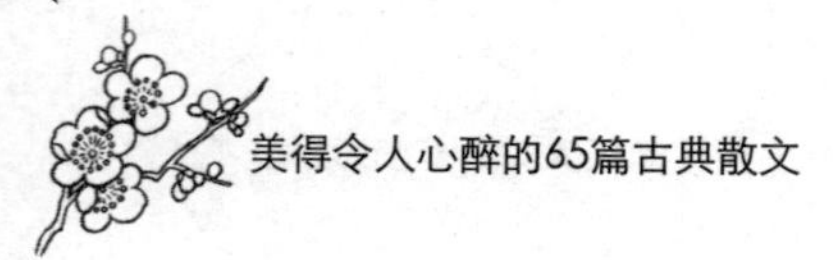

等待，仿佛是古时女子的宿命。夫婿为觅封侯，转身即把温柔贤淑的妻子甩在身后，纵然离散时，他也曾与妻子执手相看泪眼，心中也有千万般不舍，但山那头未曾取得的功名，总是让他热血沸腾。

外面的世界，人物繁阜，商贾穿流，难免让人沦陷其中。但这份热闹，在外来游子眼中，却格外凄凉。仕途的阶梯，他一步也没有登上，一再说要归去，却又说不清道不明自己到底因何事淹留。漂泊难归，自然是寂寞清苦，但比他更为伤心的是盼郎归来的佳人。

萧绎是梁元帝，身为天子，自然没有漂泊他乡的经历，也就没有女子登上阁楼苦苦盼他归来。但偌大后宫，三千佳丽，雨露之泽并非人人均沾，定有妃嫔在寂寞的宫苑终日盼望龙辇之声滚滚而来。想必萧绎懂得思妇的相思滋味，故而这篇代女子言愁的《荡妇秋思赋》，才会如此情真意切，宛若己出。

深爱之人，一日不见如隔三秋，更何况丈夫已是离家十年。这十年之间，她不过是一再登上高楼，无数次看到水天交接处隐现的白帆，都盼望他就在归来的船上，却是一再期待又一再失望。远处水浩浩而极云天，山槮蒲而入霄汉，这番美丽景致却因心上人未归来，而蒙上了暗淡的阴影。

他走后，悲伤尚且来不及，哪里还有闲情逸致去赏这大好风光。双手把明亮的青春与深沉的爱情献给了他，他却转手把一切都交付给了比岁月还要长久的等待。孤鸟悲鸣，划破了山水一色的寂静，却仿佛一只纤纤素手，轻易就拨动了思妇悲伤琴弦。滚烫的心以孤苦伶的姿态，俏立在凉薄的风中，却始终得不到回应。

自古至今，何地的秋月不是清亮皎洁似水晶，何时的秋月不是明朗如琥珀。遗憾的是，美景如画，美眷似花，却独独少了那个携手并肩共赏之人。绝美的景致与温润的情意，终究是要被辜负了，这难免不让她“对此伤情”。白露打湿了庭中蕙草，浓霜查封了阁楼台阶，而她“坐视带长，转看细腰”，这一番相思情愫，怕也只有柳永的“衣带渐宽终不悔，为伊消得人憔悴”方可比拟。

杜丽娘在《牡丹亭》中唱道：“原来姹紫嫣红开遍，似这般都付与断井颓垣。良辰美景奈何天，赏心乐事谁家院？”这番咏叹，又何尝不是文中思妇的心声。如绉纱的秋水波澜，似锦丝绸缎的秋空碧云，在她眼中皆不过是黑白色调。从晨晓至黄昏，天色愈来愈暗淡，她的心也愈来愈凄凉，秋风呜咽着渡河而过，她却只得在河的这一畔，等到他归来。

世间不乏负心人，亦不乏痴心人。窦滔在符坚时任秦州刺史，后被徙流沙。其妻苏慧思夫心切，便每夜用锦织回文《璇玑图》相赠。相思不可寄，相望不可即，在这番折磨中，以至于她的鬓发在秋风吹拂中，乱如飞蓬，心中的忧愁在失望中变为无可奈何的哀叹。

思妇自怜、自叹、自伤，自有一种我见犹怜的情态，只是春秋在眼前几度交替，也未曾等来他的身影。原来爱的路上，是要将此前得到的缱绻深情，一一偿还给此后漫长的寂寞。

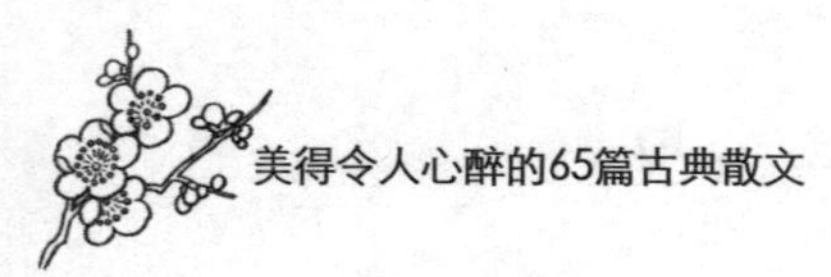

终究是逝去了

李清照《金石录》后序（节选）

今日忽阅此书，如见故人。因忆侯在东莱[①]静治堂，装卷初就，芸签缥带，束十卷作一帙。每日晚吏散，辄校勘二卷，跋题一卷。此二千卷，有题跋者五百二卷耳。今手泽如新而墓木已拱，悲夫！

昔萧绎[②]江陵陷没，不惜国亡而毁裂书画；杨广[③]江都倾覆，不悲身死而复取图书。岂人性之所著，死生不能忘之欤？或者天意以余菲薄[④]，不足以享此尤物[⑤]邪？抑亦死者有知，犹斤斤爱惜，不肯留在人间耶？何得之艰而失之易也？

呜呼！余自少陆机[⑥]作赋之二年，至过蘧瑗[⑦]知非之两岁，三十四年之间，忧患得失，何其多也！然有有必有无，有聚必有散，乃理之常；人亡弓，人得之，又胡足道。所以区区[⑧]记其终始者，亦欲为后世好古博雅者之戒云。

【注释】

①东莱：今山东烟台一带。

②萧绎：梁元帝。梁元帝承圣三年（555），西魏攻陷梁都江陵，梁元帝焚烧大批古今书籍。

③杨广：隋炀帝。

④菲薄：命运不佳。

⑤尤物：珍贵的物品。

⑥陆机：晋朝文学家、书法家。

⑦蘧（qú）瑗：春秋时卫国大夫。

⑧区区：喜爱舍不得的样子。

爱情是最经典的传奇，供一代又一代人反复咂摸而不会生腻；爱情还是人生的渡口，将一个人从幼稚走向成熟。对李清照而言，爱情更是生命中不可或缺的骨血。一卷《漱玉词》中十之七八都有情的影子：从情窦初开的懵懂怀春，到与子偕老的新婚祈愿，从深闺梦里的刻骨相思，到爱情之痒的愁肠百结。岁月一寸一缕地爬上她的眼角眉梢，至深至重的爱情与时光一同生长。

《古今女史》有言："自古夫妇擅朋友之胜，从来未有如李易安与赵德甫者，才子佳人，千古绝唱。"赵李两人之所以伉俪情深，相貌才华的互相吸引只是一面，两人既是文学知己又俱是金石痴人。多少流年乱了浮生，志趣相投的爱情才能历久弥坚。人们常用"志同道合"来形容事业，殊不知用作爱情指标似乎更妙：若灵魂相契，便不怕人老珠黄的那天。

那些在历史上占得一席的女子，几人能有李清照的运气?

"神情散朗，故有林下风气"，这是《世说新语》对谢道韫的评价，便是大气清朗如她，也左右不了自己婚姻。出嫁后回家省亲，叔叔谢安问起她的丈夫，谢道韫把自家叔伯兄弟赞赏一遍，谢家子弟个个玉树芝兰，说到自己的丈夫，只是长叹一声"不意天壤之间，乃有王郎"！她的丈夫王凝之是王羲之的次子，看史书记载似也不像她说得这么差劲，但情感根基本就欠缺，又没有意愿培养相近志趣，谢道韫对这桩婚事的不满显而易见。

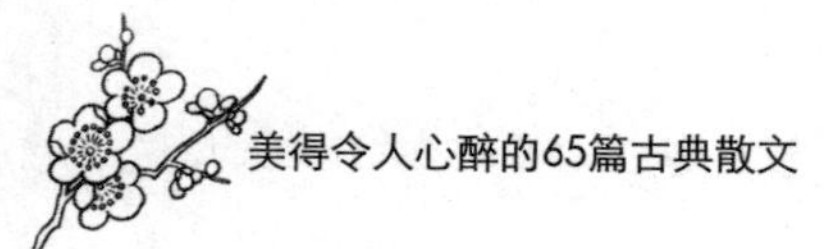

但命运总是明暗各半，赐予了李清照一时安稳的爱情，却把她放在了不可逃、无处逃的乱世，让她陷入国破家亡永恒的悲伤中。“靖康之变”后，故土沦陷，丈夫暴卒，相携的伉俪被生死相隔，她内心所有关于爱情和幸福的设想顷刻化为齑粉。

小家与大国的双重打击，好似下了一场大雪，瞬时就迎来了生命里最寒冷的冬天。年过半百的李清照勉强支撑，在颠沛流离中为保存丈夫留下的文物吃尽苦头。但即便是这样，两人二十余年的心血，大多仍是毁于战祸，只留在病中置于卧室翻阅把玩的少量书籍抄本。此外，还有部分汉唐石刻副本、青铜鼎器等物件，其他俱“散为云烟”。

人世有离合悲欢，文物亦是“有聚必有散”。赵明诚将文物托付于她，她像爱惜生命一样想护它们周全。只是，在那样黑暗动荡的环境里，这点愿景也注定不能实现。

《金石录》是一部关于金石收藏的学术著述，是夫妻二人半世的心血结晶。对文物共同的兴趣，让这个收集整理的过程充满喜悦；又因彼此是心意相通的伴侣，过程中又漾满温馨。李清照写下这篇《后序》时，赵明诚去世已有六载，每日守着零落的金石古玩，以及两人朝夕相对时的回忆，都觉“如见故人”。只是如今是卷上手迹如新，但丈夫坟前的树木已能两手合抱了。

这段难得的灵魂有所依赖有所归属的旧时光，而今回忆起来，甜蜜也好，心酸也罢，终究是逝去了。

爱情也有完尽时

归有光《项脊轩志》（节选）

余既为此志，后五年，吾妻来归。时至轩中，从余问古事，或凭几学书。吾妻归宁，述诸小妹语曰："闻姊家有阁子，且何谓阁子也？"其后六年，吾妻死，室坏不修。其后二年，余久卧病无聊，乃使人复葺南阁子，其制稍异于前。然自后余多在外，不常居。庭有枇杷树，吾妻死之年所手植也，今已亭亭如盖矣。

若说这世间存在永恒的话，想必也唯有时间和记忆了吧。

只是，这两者的永恒程度略有迥异。时间从来不惧沧海桑田的变迁，而记忆则时时穿梭在时光的隧道中，隧道愈来愈深邃，记忆也便愈来愈暗淡。但因有情存在，记忆总不至于消失至无。如若有人执拗说，那些过往的痛苦或者欢愉，早已像风一样散去，也没有人反驳。毕竟那段时光的所有权，旁人无从窃取。然而，风无痕，但风存在，往事亦是如此。

它虽专属于过去，但眼前的景与物，总会裹挟着时光的流水，携着往日的悲欢扑面而来，让你情不自禁走进那扇紧紧关闭的记忆之门，或在伤口上撒盐，或填满未愈的旧伤口。

陆游在七十五岁时又游沈园，见景生情，猛得就想起四十年前与唐琬相遇的旧事。归有光亦是站在亭亭如盖的枇杷树前，瞬间感觉妻子生前的音容笑貌排山倒海翻涌而来。

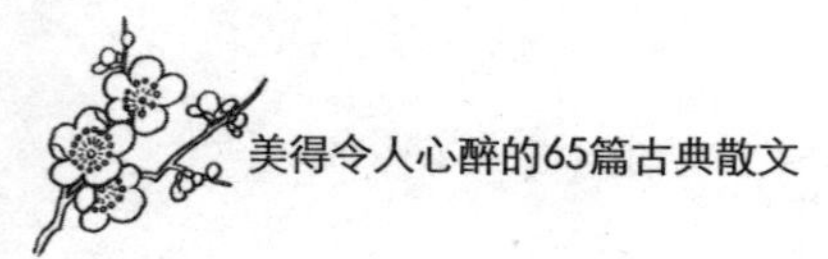

他在这篇《项脊轩志》中，写家中一间小屋的兴废，如同闲话家长里短、凡人琐事，逝去的祖母、母亲在笔下皆是质朴模样，谈及妻子时，笔触也极为清淡。但因以真情为墨，即便没有悲凄的字眼，没有华丽的文采，却是无声胜有声。恰如明代王锡爵所说：“无意于赶人，而欢愉惨恻之思，溢于言语之外。”

或许，爱情就像是在暗夜中悄然绽开的夜来香，虽不如白日里盛放的花开得炽热、激烈，但琥珀色的月华、温润的凉风、参差的鸟鸣都会沾惹夜来香的香味。归有光与妻子便是这般，平淡而和谐。当他在书房翻阅书籍时，她便在一旁或问几句书中古事，或写几笔清秀洁雅的诗词。这样的陪伴，不吵闹，不沉闷，算不得无聊，更无谓打扰。只是两人相坐一端，心有愉悦、欢喜，任凭时光静静游走。

夜来香会凋零，爱情也有完尽时。命运只赐予了他们六年的相伴时光，而后便是妻子香消玉殒，从此两人天上人间相忆不相逢、相念不相见。“庭有枇杷树，吾妻死之年所手植也，今已亭亭如盖矣。”在妻子逝去后，他不说悲伤，不言相思，却独独写了一棵树在岁月中的变换。但就是这样轻描淡写的一句，令人几欲泪下。物存人亡，你去我在。树在生长，我在思念，繁茂如伞的枝叶，便是刻在时光里的追念，妻子的音容笑貌在心里早已长成郁郁葱葱的风景，这比时光还要长久的缅怀，怎不让人感叹。

原来，爱情最好的结局并不是相守，再好的相守也逃不过死别，更何况这世间有太多的爱情都是天涯海角，遥远得一生也无从触碰。像归有光这样，把爱情放在心里，不问世间沧桑，不计岁月流逝，想来最是妥帖。

以永别落款

归有光《寒花葬志》

婢，魏孺人[①]媵[②]也。嘉靖丁酉[③]五月四日死。葬虚丘[④]。事我而不卒，命也夫！

婢初媵时，年十岁，垂双鬟，曳[⑤]深绿布裳[⑥]。一日天寒，爇火[⑦]煮荸荠熟，婢削之盈瓯[⑧]，予入自外，取食之，婢持去不与。魏孺人笑之。孺人每令婢倚几旁饭，即饭，目眶冉冉[⑨]动，孺人又指予以为笑。

回思是时，奄忽[⑩]便已十年。吁！可悲也已！

【注释】

①魏孺人：明清时，七品职官的妻子封孺人。此处为尊称，指作者的前妻，姓魏，光禄寺典簿魏庠之女。

②媵：陪嫁的婢女。

③嘉靖丁酉：公元1537年。嘉靖，明世宗年号。

④虚丘：在今江苏省昆山市东南。

⑤曳：拖，拽。

⑥裳：下身的衣服。

⑦爇（ruò）火：烧火。

⑧瓯：瓦盆。

⑨冉冉：徐徐。

⑩奄忽：很快。

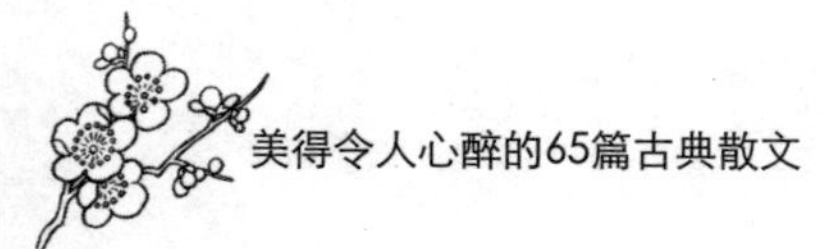

托尔斯泰曾说：“作者所体验过的感情感染了观众或听众，这就是艺术。”归有光作文，即把日常琐事用自然质朴但丰饶饱满的感情，铺延晕染，使之在平淡中自有一种感人的质地。这样后人翻阅时，便能在他的故事中，就好似看到一片平静的湖泊，倒映着自己的悲欢。

这篇《寒花葬志》皆是寻常话语，写的不过是妻子魏孺人的陪嫁婢女的二三事，但读到尾端时，便觉冰封的内心，有一处柔软的松动。这般触动，便是托尔斯泰所说的平淡艺术的魅力。

世人往往将无能为力的事，归结于命运。归有光与妻子阴阳两隔，是命运；与婢女永不相见，亦是命运。妻子去世之后，有亭亭如盖的枇杷树聊以慰藉，有活泼可人的婢女左右相伴，每日虽备受相思的折磨，到底也不算太过辛苦，毕竟这份怀念，在婢女身上也可延续。然而，正值石榴开花的五月，婢女的生命却开至荼蘼。

犹记得她初来时，不过十岁的样子，低垂着两个环形发髻，拖着一条深绿色布裙。日子一天天过去，她也在时光中慢慢长大，只是那可爱的神情、姿态，始终讨人喜欢。一日，天气极为寒冷，寒花将煮熟的荸荠削好皮盛在小瓦盆中，瓦盆满时，他正巧从外面进来，欲要伸手拿荸荠吃，她却故意端走，不让吃。这番情景不禁让“魏孺人笑之”。妻子视之而笑，想必归有光也随即笑之。

古时等级制度极为严格，每个人都好似明码标价的商品，各有高低贵贱之分。而在归有光家中，婢女纯真无邪、不谙世事；妻子宽容大度、贤淑近人，确实让人艳羡。吃饭时，也通常主人坐着，仆人站着，而妻子却让寒花倚着小矮桌一起吃，无怪乎归有光盛赞妻子为“闺门内外大小之人，无不得其欢”。寒花在桌旁，“目眶冉冉动”，纯真中透着一股灵动劲儿，惹得妻子又笑。

只是，红尘一梦，以永别落款。昨日的风景，到底不能再次相逢。几度花开花落，都已经与过去无关。倏然间，已是十年过去，这十年间他能做的不过是回忆与追思。想念活泼可人的寒花，更想念温柔娴雅的妻子。于是，他不断写文纪念，或许有一天纸笺会泛黄，墨迹会黯淡，而深情从不会在岁月中褪色。

这篇散文犹如大海一般，表面是阳光洒下的斑驳光影，海底却是按捺不住的潮涌。看似浓笔泼墨寒花的天真，实则晕染对妻子的刻骨怀念。寒花身为妻子的贴身婢女，常常追随左右，故而回想与寒花有关的场景，自然将妻子容纳其间。在那个婚姻讲求门当户对的时代，多少人上演着同床异梦的悲剧，更遑论会与心灵相通的知己携手。幸然，魏孺人德才兼备，与归有光琴瑟和鸣。

只是，情多半是含着泪的。妻子去世后，归有光便在逐渐暗下去的时光中，写下一篇又一篇微微发苦的文章。

此生只为你弹奏

侯方域《李姬传》（节选）

未几，侯生下第。姬置酒桃叶渡，歌《琵琶》词以送之，曰："公子才名文藻，雅[①]不减中郎[②]。中郎学不补行，今琵琶所传词固妄，然尝昵董卓，不可掩也。公子豪迈不羁，又失意，此去相见未可期，愿终自爱，无忘妾所歌琵琶词也！妾亦不复歌矣！"

【注释】

①雅：一向。

②中郎，指东汉蔡邕（133～192年），曾任左中郎将一职，故称"中郎"。

李香君是秦淮河畔媚香楼里的多情玉女，侯方域风流倜傥的翩翩少年，两人相遇自然两情相悦，犹如蝶恋花那般自然。红楼场中尽是风月计较，今日相逢共饮一盅，明日转身即是天涯，不用惦念，也不必悲伤，彼此都是过客，在相逢时就已预见了分袂的结局，又何来的伤感。

然而，在明末那个动荡的时代里，李香君并非一个只唱《后庭花》的歌妓，在时代旋涡中，她的风骨气节，更令那些以国家的挽救者自居却百无一用、嘴上忠君报国实则保全自己的猥琐文人汗颜。她的豪爽与风雅，都拿捏得不温不火，只是刚刚好。故而，侯方域第一次遇见她时，便为之倾倒，也是极为自然的事情。

侯方域与方以智、陈贞慧、冒辟疆合称明复社四公子，又与魏禧、汪琬合称清初文章三大家，才华横溢自是不用说，但在当时翻手为云覆手为雨的政治环境下，并不是做得几篇好文，便会一朝及第，从此在朝廷中平步青云。在他应试不中，并遭受阮大铖构陷，被扣上“私通左良玉，意图夺取留都”的帽子时，他便不得不离开南京，离开李香君以避风险。

桃叶渡位于秦淮河与青溪合流处，河舫竞立，灯船萧鼓。每至春日时节，桃花漫山遍野，姹紫嫣红，轻风起时，浓而不腻的花香也就丝丝缕缕沁进水中。因秦淮河宽阔，如遇风浪，摆渡不慎，往往会船翻人溺，于是东晋时王献之常来此地迎接他的爱妾桃叶渡河，还为她写了一首《桃叶歌》：“桃仙复桃叶，渡江不用楫，但渡无所苦，我自迎接汝。”

他人相会之地，如今竟成两人分别之所，也着实让人心酸。李香君在此地置酒相送，弹起了平日不轻易拿出手的琵

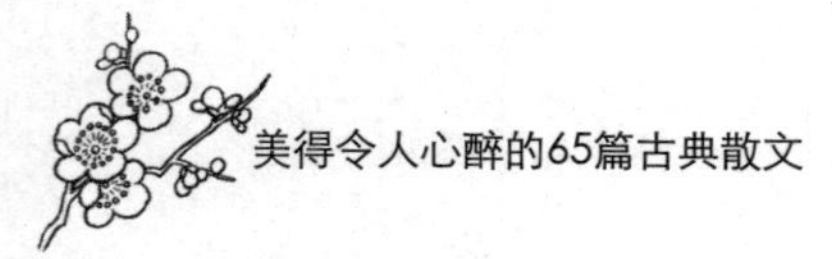

琶，边弹边唱，内心无限哀思。风月场中，从未将这场欢爱当作游戏，故而知晓“相见未可期”时，才牵扯出浓厚的悲伤。

都说，在爱情中，用情深之人必会输。可是，爱情哪能以输赢定论，无论日后欢愉或是悲伤，当初两人把彼此当作全世界的时光，便为生命镶上了最为瑰丽的色泽。李香君离别时，嘱托他要“自爱”——爱惜自己堪与蔡邕相比的才华，守护自己宁折勿弯的气节，记得今日这曲《琵琶》词。情深至此，再无须多言。而她自己亦用一句“不复歌矣”表其誓言与承诺——此生只愿为你一人弹奏。

周敦颐爱莲，赞赏其曰：“出淤泥而不染，濯清涟而不妖。”环境对一个人的成长固然中重要，而最关键的则在于自己的内心。心香远益清，而世人则不敢亵玩焉；心若浑浊污垢，想得尊重便是痴心妄想。尽管侯方域在离去之后，背弃了和她的誓约，但她始终践行着自己的承诺，维护着自己的尊严与人格。身为一个风尘女子，她足以配得上“伟大”二字。

作者在作下这篇传文时，当是满怀着对李香君的敬重与思念，同时也带着深深的自惭。李香君的故事在他的笔尖落下帷幕，但她的美貌、才艺、风骨，在岁月中频频上演。

卷二　寂寞孤独，相思之苦纵横交加

知音难遇，所以当初俞伯牙与钟子期那一曲《高山流水》才弥足珍贵。人与人之间的缘分向来稀薄，但这也恰恰教会了人们如何去珍惜。

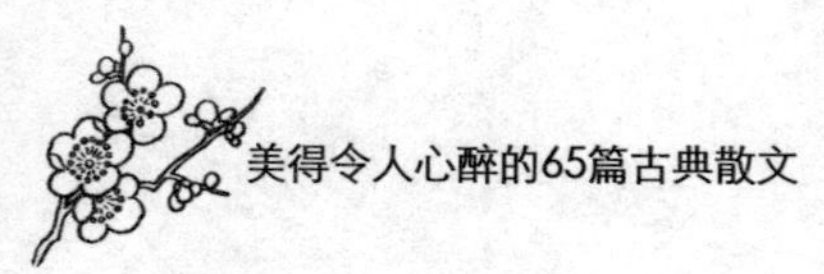

不舍不弃，相依为命

李密《陈情表》（节选）

伏惟[1]圣朝以孝治天下，凡在故老，犹蒙矜育，况臣孤苦，特为尤甚。且臣少事伪朝[2]，历职郎署，本图宦达，不矜名节。今臣亡国贱俘，至微至陋，过蒙拔擢，宠命优渥，岂敢盘桓，有所希冀。但以刘日薄西山，气息奄奄，人命危浅，朝不虑夕。臣无祖母，无以至今日；祖母无臣，无以终余年；母孙二人，更相为命，是以区区[3]不能废远[4]。

臣密今年四十有四，祖母刘今年九十有六，是臣尽节于陛下之日长，报刘之日短也。乌鸟私情，愿乞终养。臣之辛苦，非独蜀之人士及二州牧伯[5]所见明知，皇天后土[6]实所共鉴。愿陛下矜愍[7]愚诚，听臣微志，庶刘侥幸保卒[8]余年。臣生当陨首，死当结草[9]。臣不胜犬马怖惧之情[10]，谨拜表以闻。

【注释】

①伏惟：下级对上级的恭敬用语。

②伪朝：指已被灭的蜀国。

③区区：拳拳、勤勤之心。

④废远：废弃奉养而远离祖母。

⑤二州牧伯：二州，指梁州、益州；牧伯，即长官，这里指太守逵、刺史荣。

⑥皇天后土：对天地的敬称。

⑦矜愍（mǐn）：怜惜。

⑧保卒：安然而终。

⑨结草：出自《左传·宣公十五年》，晋大夫魏武子死前嘱咐其子魏颗杀武子爱妾为殉葬。魏颗没有听从而将她改嫁出去。后来魏颗同秦将杜回交战时，一老人结草把杜回绊倒，杜回被抓。魏颗在夜里梦结草老人说：我是武魏子妾的父亲，特来报君不杀之恩，后以“结草”喻死后报恩。

⑩犬马怖惧之情：谦卑的说法，这里指对待国君如犬马惧怕主人一样。

“忠则《出师》，孝则《陈情》”，如果说诸葛亮的《出师表》道尽了千古忠臣之言，李密的《陈情表》则感动了普天之下无数孝子贤孙。

三分归一之后，司马炎急于要稳定政治，自然要笼络李密这般才华横溢之人，故而便有了“下诏征密为太子洗马”这件事。诏书累下，郡县不断催促，但因祖母已九十岁有余，“日薄西山”，再加上他“少仕伪朝”，曾任蜀汉尚书郎，便上奏表章，“辞不赴命”。

然而史书中并不乏君王迫害文臣之事，秦始皇曾焚书坑儒，汉武帝曾对司马迁施以宫刑，司马昭曾让“竹林七贤”之一——嵇康血祭杀场。如今李密被委以重任，却迟迟不赴任，难免会遭到君王怀疑，背上怀恋故国，心系旧朝的罪名。如若不及时澄清其中缘由，不知何时就落得殒命的下场。

于是，李密巧妙地寻到了一条澄明心志的路径——孝道。魏晋之时，掀起了对《孝经》研究的高潮，君王纷纷著书立

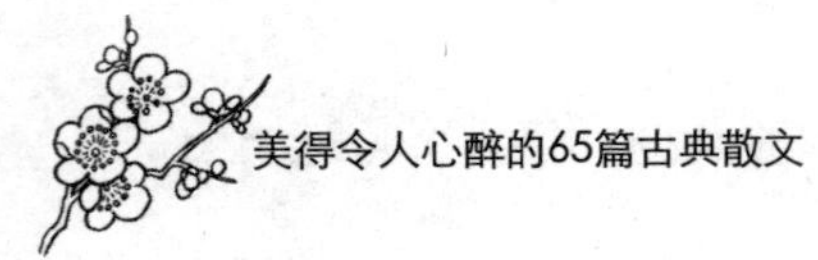

说，宣扬孝道，晋元帝时有《孝经传》，梁武帝时有《孝经义疏》，北魏孝明帝时有《孝经义记》等。即便天子唯我独尊，目无尊长，也要装出一番对长辈毕恭毕敬的样子，好为自己树立起仁君的形象。

及至晋武帝时，更是以“孝治天下”，凡是孤苦老人，皆应得到照顾。司马炎拜孝之旧臣为官，即是因李密以孝闻名于世，来表明自己的宽宏大量和对人才的爱惜。但因李密身世凄苦，命运坎坷，情况较为特殊，更应该承蒙圣上同情。况且他在蜀汉做官，亦是为了在仕途上平步青云，如今蜀汉灭亡成了亡国贱俘，皇恩浩荡，他仍得到提拔，理应立即走马上任。但病床上的祖母，已走至人生黄昏之时，生命垂危，无人送终，他自然“区区不能废远”。

这是李密的巧妙之处，他仅仅用一个“孝”字，便构筑了君与臣之间共同利益的高楼大厦。君以孝治世，臣以孝明

心，这座大厦的根基实在坚固得很。不同的是，晋武帝的孝，不过是一个笼络人心的借口与托词，而李密的孝，大有浓情存在。

自幼孤苦伶仃的生活，已经教会他如何去珍惜与报答亲人的恩情。在与祖母的相依为命中，他的生命得以延续，穿越了痛苦与凄凉，带来了慰藉与温暖，虽不像爱情那般轰轰烈烈，但平淡琐碎之中，自有一种温情弥漫。于是，李密要像乌鸦反哺那样“愿乞终养”。

自古忠孝难两全，纵然他对君王的忠心，天日可鉴，人神共察，但为了报答祖母养育之恩，李密还是恳请君王批准自己的请求，并发誓说，将来定然是活着尽忠效死，死后衔环结草，感恩图报。这番真挚恳切的言辞，纵然是铁石心肠，想必亦会为之动容。

有人说这篇文章，不过是李密不愿侍奉二主的一个托辞。是也好，非也罢，至少字里行间的真情，不舍不弃的相依为命，足以给岑寂黯然的黑夜，带来一星余光。

青春与才华抛掷后宫

左芬《离思赋》（节选）

风骚骚[①]而四起兮，霜皑皑而依庭。日晻暧而无光兮，气憀栗[②]以洌清。怀愁戚之多感兮，患涕泪之自零。昔伯瑜[③]之婉娈[④]兮，每彩衣以娱亲。悼今日之乖隔兮，奄[⑤]与家为参辰[⑥]。岂相去之云远兮，曾不盈乎数寻[⑦]。何宫禁之清切兮，欲瞻睹而莫因。仰行云以歔欷兮，涕流射而沾巾。

【注释】

①骚骚：形容风劲吹。

②憀（liú）栗：忧伤，悲怆。

③伯瑜：即韩伯瑜，汉时人，极其孝顺。

④婉娈：感情深挚。

⑤奄：同“淹”。

⑥参辰：两颗星辰的名字，指参商。参在西，商在东，各不相见。在此比喻与父兄隔离，不得相见。

⑦寻：古代长度单位，八尺为一寻。

在崇尚“女子无才便是德”的年代，笔墨纸砚上的功夫似乎本来与女子无关。女子缺少话语权，朝堂、战场、书苑都是男人的，女子只要精厨艺、善女红便好，即使一无所长但生了一副花容月貌，安安稳稳做个花瓶也是不错的选择。

而偏偏左芬不喜将双眉画斗长，也不愿在额上贴黄蕊，所喜爱的不过是“诗书”二字。她出身于书香门第，长兄便是才华横溢的辞赋大家左思。在这样的家庭氛围中长大，不经意间双手便染了墨香。于轻风拂过的午后，她写两笔字，吟几句诗，静看落花，细看游鱼，便觉这是最美的芳华。

她出落得并不美丽，只因文名渐渐流传，便被晋武帝司马炎纳入后宫。史中不乏招募文人为官，为自己博得惜才虚名的帝王，却少有天子让一个其貌不扬，只喜诗书的女子做妃子。她在国色天香的后宫，犹如将一盆仙人掌植在了水中，处处皆是不合时宜。如果不是生在那个附庸风雅的年代，或许她会嫁一个普通的男子，在市井烟火中，吟诗作赋，举案齐眉。但命运终究要她把青春与才华抛掷给冷冰冰的后宫。

即便她才德过人，也难得晋武帝宠幸。更何况自古以来后宫争

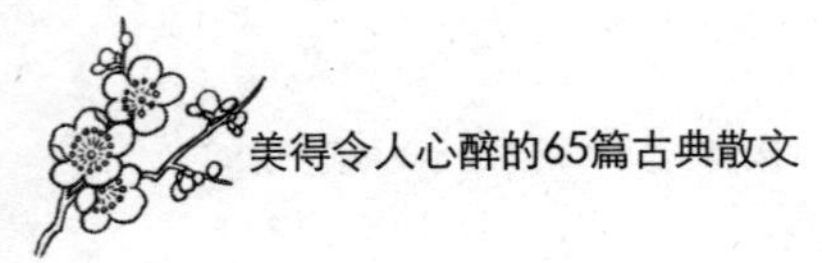

斗无不激烈异常，一不小心就可能会给自己，也给家人带来灾难。高耸的宫墙将内外隔成两个世界，宫外的亲人不得相见，在宫内又时时受冷落，她自然是寂寞孤独，相思之苦纵横交加。

左芬自幼丧母，同父兄相依为命，左思曾在《悼离赠妹诗二首》中云："惟我惟妹，寔惟同生。早丧先妣，恩百常情。"她入宫之后，全家乔迁洛阳，虽相去"不盈乎数寻"，却也因宫禁严格，似"隔以天庭"。咫尺便是天涯，生离亦同死别。每当窗外秋风四起，白霜满阶，日光黯淡，寒气凄凛时，她便更加思念自己的父兄。

她无时无刻不渴望离开这个冰冷寂寞的后宫，回到父兄身边，像汉代的韩伯瑜那般彩衣娱亲一样以尽孝道，继续在诗书中度过蓬勃芳华，而这不过是她的一厢情愿。她只得在宫中扮演文学摆设的角色，尽到为皇帝作诗作赋的义务。

钱锺书先生曾这样点评《离思赋》一文："宫怨诗赋多写待临望幸之怀，如司马相如《长门赋》、唐玄宗江妃《楼东赋》等，其尤著者。左芬不以侍至尊为荣，而以隔'至亲'为恨，可谓有志。"可尽管"有志"，也拗不过命运。

她因才情卓越，走进了富丽堂皇的宫廷；又因相貌平平，坠入了无底深渊，自此一生皆在惆怅与念家中度过。生前没有得到晋武帝的宠幸，死后连像样的陵墓都没有。在她的墓碑上，短短几个字概括了她的一生："左棻（芬），字兰芝，齐国临淄人，晋武帝贵人也。永康元年三月十八日薨。四月廿五日葬峻阳陵西徽道内。"隔着千年尘埃，世人读到这篇赋时，仿佛仍能听到这个为才所绊、为情神伤的女子，在无眠的秋夜发出的一声叹息。

送友人最后一程

刘义庆《张季鹰吊顾彦先》

顾彦先[①]平生好琴。及丧，家人常以琴置灵床[②]上。张季鹰[③]往哭之，不胜其恸。遂径上床鼓琴，作数曲，竟，抚琴曰："顾彦先颇复赏此不？"因又大恸，遂不执孝子手而出。

【注释】

①顾彦先：即顾荣，字彦先，西晋时期吴郡吴县（今江苏省内）人。

②灵床：即人死后放置尸体的床铺或架子。

③张季鹰：即张翰，字季鹰，与顾荣为同乡好友。

知音难遇，所以当初俞伯牙与钟子期那一曲《高山流水》才弥足珍贵。人与人之间的缘分向来稀薄，但这也恰恰教会了人们如何去珍惜。在这荒凉混沌的江湖中，一个人行舟难免孤寂，如若有另一只小船与自己同行，便不再惧怕风起云涌。

朋友之间相交、相处，有多种不同的方式，既有鲍叔牙对管仲那般不计义利、宽容坦荡的友谊，亦有辛弃疾与张亮之间把酒畅谈、志同道合的相知相惜，像庞涓、孙膑那样只可共患难不能同富贵、虽亲如兄弟却最终反目成仇的例子也不胜枚举。而张季鹰与顾彦先之间却是另一种别样动人的友情。

两人都是吴中名士。张季鹰号称“江东步兵”，潇洒倜傥，放荡不羁，大有阮籍风范。而顾彦先则与当时独步文坛的陆机兄弟并称“三俊”。他们同在齐王司马冏手下担任幕僚时相识，共同经历了“八王之乱”，在生死边缘挣扎过后，两人便情同手足。

因当时政局不稳，向往远游的张季鹰与顾彦先相约“采南山蕨，饮三江水”。秋风起时，张季鹰因“思吴中菰菜、莼羹、鲈鱼脍”，最终遁隐回乡。而顾彦先则不得不周旋于诸王之间，两人因此分隔。

顾彦先“平生好琴”，张季鹰恰好善解琴音。多少个清风月夜，都是顾彦先企盼着友人来访，为他弹上一曲高山流水。两人分别后多年不见，都期盼着再与故人相逢，共同弹琴饮酒，一叙别情。然而，张季鹰最后只等来了顾彦先去世的消息，这怎不让他“不胜其恸”——哪怕千呼万唤，顾彦先也不可能从冰冷的灵床上起身，更不可能像往日一样和自己共奏一曲了。

张季鹰前去为顾彦先吊丧时，灵床上摆放的恰是那张熟悉的琴。只是如今物虽如实，人事已非，这摆放在灵床上的物什只是在提醒张季鹰，他们已生死相隔。这突如其来的悲恸使他忘记了吊丧应有的礼节，心中只记挂着以琴当哭，送友人最后一程。

故而他“上床鼓琴”时，侍立在侧的顾家人并没有阻拦，而是任他用琴音倾诉自己的哀思。后人并不知晓张季鹰当时弹奏了哪支琴曲，但料想应当是顾彦先生前最喜欢的曲子，亦是两人品评鉴赏最多的曲子。数曲奏罢，张季鹰竟然在灵床之上抚琴发问：“顾彦先颇复赏此不？”

这一问，是深情使然，是忘情所致，更是失神之为。他以为友人如往常一般坐在他对面，凝神聆听，细细品味琴声的动人之处。待到他清醒过来时，才意识到友人的魂魄早已出离躯壳，再也无法回答自己的询问。他举目四望，环绕自己的唯有冰冷凄然的灵床、尚余乐音的旧琴、愕然失措的孝子以及自己这含悲忍痛的吊客。纵然自己能如同往日那般鼓琴奏乐，这世间却已再无知音。思绪至此，张季鹰复“又大恸”，或许是被翻涌在心胸间的巨大悲痛压倒了，竟然再次忘记了凭吊应有的礼节，径自下灵床而去，连向主人告别都不曾，更不用说去执那孝子的手安慰劝解一番了。

或许对于辞世的顾彦先来说，张季鹰这一番“无礼“的凭吊行径，这缭绕不去的琴音，就是最好的哀悼。

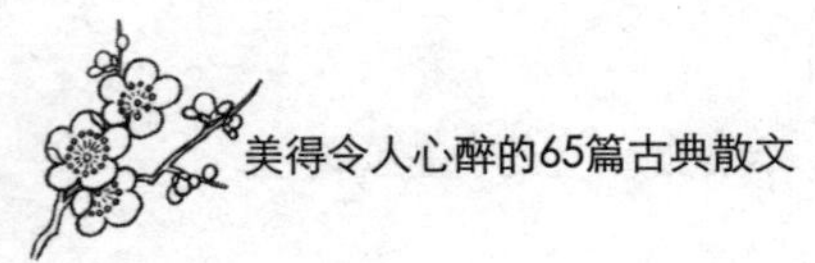

求生，是一种艰难的修行

韩愈《祭十二郎文》（节选）

去年孟东野往[①]，吾书与汝曰："吾年未四十，而视茫茫，而发苍苍，而齿牙动摇。念诸父与诸兄，皆康强而早世，如吾之衰者，其能久存乎？吾不可去，汝不肯来；恐旦暮死，而汝抱无涯之戚也。"孰谓少者殁而长者存，强者夭而病者全乎？呜呼！其信然邪？其梦邪？其传之者非其真邪？信也，吾兄之盛德，而夭其嗣乎？汝之纯明，而不克蒙其泽乎？少者强者而夭殁，长者衰者而存全乎？未可以为信也。梦也，传之非其真也？东野之书[②]，耿兰[③]之报，何为而在吾侧也？呜呼！其信然矣！吾兄之盛德，而夭其嗣矣！汝之纯明宜业其家者，不克蒙其泽矣！所谓天者诚难测，而神者诚难明矣！所谓理者不可推，而寿者不可知矣！虽然，吾自今年来，苍苍者或化而为白矣，动摇者或脱而落矣。毛血日益衰，志气日益微，几何不从汝而死也！死而有知，其几何离？其无知，悲不几时，而不悲者无穷期矣。汝之子始十岁，吾之子始五岁[④]，少而强者不可保，如[⑤]此孩提者，又可冀其成立邪？呜呼哀哉！呜呼哀哉！

【注释】

①孟东野往：孟郊，字东野，与韩愈交谊很好。

②东野之书：十二郎死后，孟郊在溧阳得知，有信告韩愈。

③耿兰：应该是韩家在宜州的家人，他也给韩愈报十二郎之丧。

④吾之子始五岁：此指韩愈之长子韩昶，于贞元十五年（799）生于徐州符离，小名“符”。

⑤如：通“而”。唐陆德明《经典释文·序录》谓当时语音之讹，有曰“如、而靡异，邪、也弗殊”。

生命有时坚如磐石，愈是在生活中受到重创，愈能激起与命运相搏的斗志；而生命有时却脆如瓷器，稍稍一碰或许就是碎片满地。人们从来不知，是天理还是神明支配着生死，只知在这种神秘莫测的力量面前，自己渺小如草芥，微茫似蜉蝣。

于是，对于生者，我们唯有尽力去爱，去给予温暖；对于逝者，我们唯有去悼念、去怀想，别无他法。尽管残酷，却只得在悲恸中接受；即便绝望，却是找不到起死回生的灵药；纵然叩问天地，亦听不到任何有益的答复。

韩愈在收到十二郎病逝的噩耗时，好像晴天里突然炸响了一声巨雷，让他声泪俱下。茫然无措时，他连连说着“呜呼哀哉，呜呼哀哉”，却不知怎样去温暖十二郎已然冷却的生命。恍惚迷离之际，他竟然说这值得信吗？这应该是我在做梦吧？这传来的消息不是真的吧？如果是真的，为何我哥哥有美好的德行却使你短命呢？为何你不能蒙受他遗留的福泽呢？难道年少身强的夭亡，而年长衰弱的长活吗？如若这是梦，为什么东野报丧的来信、耿兰述哀的讣文又分明在我身侧呢？

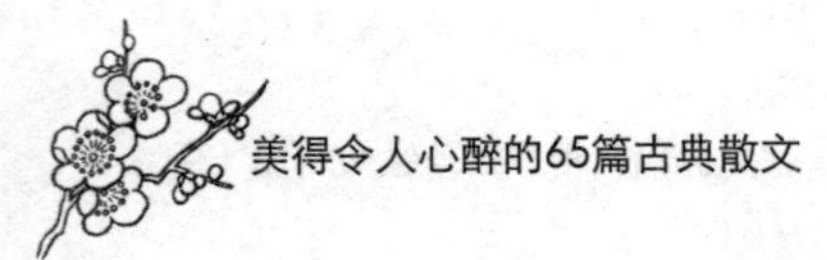

明明死讯确切无误，韩愈却在痛楚中不辨真假；明明是在现实中，韩愈却偏偏说这不过是一场终会醒来的噩梦。生命的长短，世人怎能预料。自己未到四十岁便已视力模糊，白发苍苍，牙齿松动，想来日子所剩无几，却未曾料到身体健壮的十二郎竟先他而去。在这种反差之下，韩愈自感到错愕。因一时没有勇气直面无常的宿命，生活本身也显得似幻似真，让人难以琢磨，故而，他只得向天理和神明那里寻求答案。

而这也不过是一种无果的追问。问天天无语，问神神不明，问理理不应，问寿寿不知。哀痛难耐时，竟恨不得要“从汝而死”。如若死后有知，分离的日子便不会太久；如若死后无知，也就不用如此悲伤。死亡诚然是一种解脱，但更是一种逃避与不负责。况且两者膝下皆有幼子，怎能轻薄自己的生命，不顾他们的死活呢？

逝者已经安息，留下来的人还要在崎岖的路上蹒跚而行。求生，从来都是一种艰难的修行。

苏轼将《祭十二郎文》与诸葛亮的《出师表》和李密的《陈情表》并举，称其“惨痛悲切，皆出于至情之中，不期然而然也”。诚然如是。

在失去时，才懂得珍惜

陆游《祭朱元晦侍讲文》

某有捐[1]百身[2]起九原之心，有倾长河注东海之泪。路修齿髦，神往形留[3]。公殁不亡，尚其来飨。

【注释】

①捐：放弃。

②百身："百身何赎"的简称，语出《诗经·秦风·黄鸟》："如可赎兮，人百其身。"意谓人命能够换取人命，则会甘愿豁出许多性命来抵换。表达对于死者的极沉痛之辞。

③神往形留：语出陆云《答兄机》诗："神往同逝感，形留悲参商。"这里概括了陆诗之意，"神往"表达对于死者的向往之情、怀念之意；"形留"言自己与死者已经永难相见的悲伤之情。

在活着时，我们可以享受春夏秋冬的变换，可以观赏秋叶与落红，可以获得爱人的拥抱与温暖。登上高山，我们与这个世界同在；退到屋檐，一株小草亦是生命的迹象。我们能感受到血液在身体内汩汩流淌，能觉察到时光在肌肤上轻轻蔓延，也能观望到世间的微微光亮。

但我们一直在向前行走着，这既不能选择，亦不能改变，

从出生之日起，便要渡这条有关生命的大河，有的人一生中风平浪静，而有的人需要经过大风大浪方才渡到彼岸。彼岸，是终结，也是归宿，即便想要返回，却再也找不到航线。

彼岸的人，不用再遭受风浪的侵袭，永久地获得了解脱，却也永恒地坠入了黑暗。站在光亮中的人，欲要将他从深渊中救起，使劲浑身解数之后，也只得在悲伤中承认死亡这个事实。我们永远窥测不到死亡的真相，生者唯有隔着茫茫的长河，去怀念早已没有知觉的亡者。

听闻朱熹离世，陆游悲痛至极，心想只要能令亡友复起于地下，舍弃一百条性命也不足为惜。即便伤恸至此，朱熹亦不能起死回生。自此之后，月下小酌，诗酒唱和，都成不可重来的往事。因而陆游唯有像顾恺之拜桓温墓时那样，对友人不得复醒而“泪如倾河注海”。因情深而不舍，因不舍而悲伤，因悲伤而流涕，或许，眼泪是吊念的最好方式。

陆游本想亲身临吊，在朱熹的遗像前无须说友情多深厚，亦不用说遭受的风浪，只要温存而痛楚地哭上一场便好。遗憾的是，路途遥远，自己又年逾七十，只得在千里之外，郑重地铺纸研磨，写下几笔悼念词，以寄遥思。

肉体从来都无法与永恒的时间相抗衡，所谓的灵丹妙药与长生不老，不过是一种虚幻的渴望，犹如烈阳下的肥皂泡，弹指即可破。而精神却能穿越生与死的界限，与斑驳的岁月一样长久。先秦诸子早已埋入黄土，而百家争鸣时的思想却穿过幽幽的时光隧道，绵延至今。朱熹宣扬的理学思想，亦在后代的土壤中开出了花朵。

刘勰《文心雕龙·哀吊》认为悼文这类文字，不必华丽，贵在有情，如此方能才能激起读者的共鸣，达到“文来引泣”的艺术效果，陆游这篇《祭朱元晦侍讲文》，仿佛不是用墨写作而成，而是由情延展而出。仅仅三十五字，却一字一泪。

人们总是在将要失去时，才懂得珍惜。既然如此，何不将今天当作世界末日来过，做一个幸福的人，对家人说出温暖的话，与朋友赤诚相对，与爱人灵魂相通，也与藏匿在内心深处的另一个自己坦诚对话。如此，死神真正来索命时，回首这一场人生，看到沿途姹紫嫣红开遍，虽然身侧之人仍会悲伤，但至少不曾觉得遗憾。

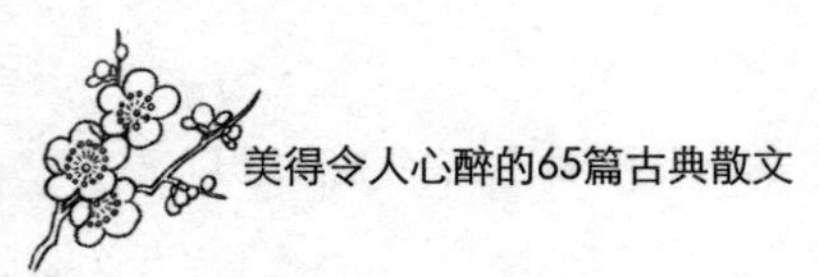

在严霜悲风中远离

鲍照《登大雷岸与妹书》（节选）

吾自发寒雨，全行日少，加秋潦浩汗，山溪猥至，渡溯无边，险径游历。栈石星饭，结荷水宿。旅客贫辛，波路壮阔，始以今日食时，仅及大雷。涂登千里，日逾十晨。严霜惨节，悲风断肌。去亲为客，如何如何！

向因涉顿，凭观川陆，遨神清渚，流睇方曛；东顾五洲[①]之隔，西眺九派[②]之分；窥地门[③]之绝景，望天际之孤云。长图大念，隐心者久矣！

【注释】

①五洲：长江中相连的五处沙洲。

②九派：指长江在江西九江一带的众多支流。九，泛指，形容极多。

③地门：“《河图括地象》：武关山为地门。”按此为虚用，指山。

宋文帝元嘉十六年（439），临川王刘义庆奉命出任江州刺史，鲍照被任命为江州王国侍郎。当年秋天，鲍照从建康乘船出发，溯江而上，前往江州赴任。到了大雷口，他给妹妹鲍令晖写了一封家书，描绘了旅途中的所见所闻，尤其对九江、

聊以祝君 乙丑五月法草衣翁意為
汝南四弟大人鑒正 居巢寫生并題

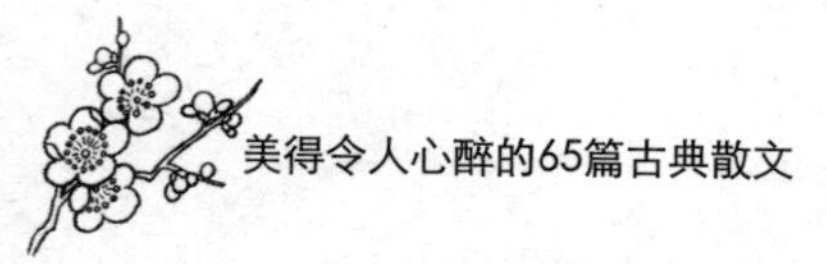

庐山一带的山容水貌做了细致的描画。全文色彩瑰丽，将景色描摹地如书画般令人神往。

那些云霞夕晖、青霜紫霄的美丽景色，本应令人沉醉，但作者感受到的，却是自己被迫在严霜悲风中远离亲人、客居他乡的悲凉。这封书信以骈文形式写就，隐隐透露出作者的“长图大念”，结尾处转为对妹妹的谆谆叮嘱，浓郁亲情十分感人。

鲍照与妹妹鲍令晖的感情非常深厚，他曾在《谢假启》中自言：“天伦同气，实惟一妹。”鲍令晖本人也极具文采，钟嵘《诗品》评价其诗：“令晖歌诗，往往崭绝清巧，拟古尤胜。”兄妹二人感情深厚，一方面当然是出于骨肉亲情，天性使然，另一方面也因为两人在文学方面的共同爱好，使其有知音之感。

鲍照先预计了自己抵达的日期，又叮嘱妹妹鲍令晖“寒暑难适，汝当自慎”，又告诉她早晚需自己保重，不必为兄长挂怀。这种深切的关怀，如此浓厚的兄妹之情，令人颇为动容。

“奇崛惊绝，前无此体，明远创为之。”清代学者吴汝纶如此评论这篇作品。作者鲍照以激昂的情绪、雄健的笔力，描山绘水，对旅途所见的神奇风貌极尽铺陈，又将浓厚的亲情蕴含其中，使这封原本普通的家书成为记录南朝山水的奇文。

卷三　深夜望月明，天地在心中

独自游览也好，众人聚集也罢，定然少不了美酒相佐。酒杯有底，思绪却无垠。这妩媚的大好风景，在美酒的晕染下，更显迤逦多姿。

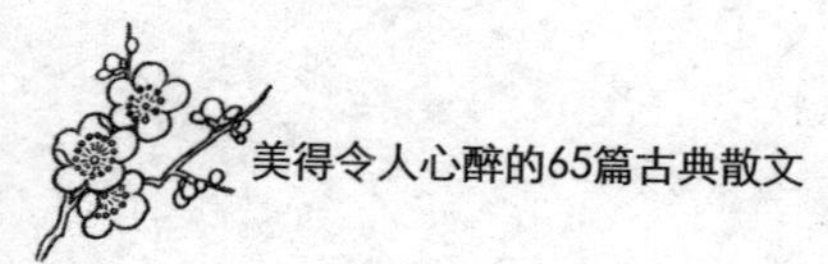

山水中找本真的自己

陶弘景《答谢中书①书》

山川之美，古来共谈。高峰入云，清流见底。两岸石壁，五色交辉；青林翠竹，四时俱备。晓雾将歇，猿鸟乱鸣；夕日欲颓，沉鳞竞跃。实是欲界②之仙都。自康乐③以来，未复有能与其奇者。

【注释】

①谢中书：指谢微，《梁书·文学传》中作“谢征”，字元度，曾任豫章王记室兼中书舍人，中书郎。

②欲界：指人世。根据佛家的三界之说而来，欲界就是有七情六欲的众生所居的人间。

③康乐：指谢灵运，其承袭康乐公，喜欢游山玩水。

懂得生活大美之人，总会在静默的山水中找到有关人生的启示。孔子周游列国后，有了“智者乐水，仁者乐山”之辨；庄周隐遁山林，悟到了欣然而乐之源；竹林七贤纵酒竹林，坚守了自由之风骨。所谓从哪里来，最终要归向何处，蕴生万物的自然界中，总会慈悲地收容厌倦了俗世的心。

陶弘景早年游历时就踏遍了山水名迹，三十七岁隐居茅山后，便在秀丽的湖光山色中度过了四十多个春秋。于他而

言，山水早已是知音；于山水而言，他早已成密友，彼此相看两不厌，被人称为“山中宰相”也是情理中事。这篇写给中书舍人谢微的信笺，没有客套语，亦不言说生活中琐事，落笔处皆是山水美景，颇有“山中宰相”潇洒从容的风度。

江南的茅山，山峰孤直峭拔，尽显清瘦之态；江水清澈见底，尽是清雅明彻之姿。山的入云之势多了几分飘然欲仙的超拔，水的清澈之仪也填了几许涓涓不绝的空灵。北方不乏峭壁，而水绕山、山伴水则是南方常有的景象。此地，山水四时不移，而不同时节的山光日影却不相同：春日清秀、夏日浓重、秋日丰丽、冬日纯净，这番奇幻瑰丽的色泽，陶弘景只用“五色交辉”四字，便毫无拖沓地点染而出。既非轻淡写意，也不是简练白描，而是随性挥洒，则让人在丰润的文字中，生出对四时五色美景的无穷想象。更让人欣悦不

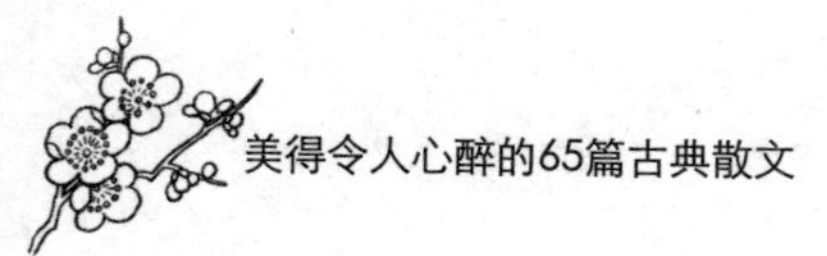

置的是，无论是姹紫嫣红开遍的暖春，还是雪封山径的寒冬，竹林皆是青翠如初。

不论清晨或是黄昏，这片山林中不乏鸟兽之鸣，有太多生灵在这片乐土上尽情展示着生命的活力。在交错变换的晨曦之光中，猿啸鸟鸣相和，游鱼沉潜跳跃，尽显活力。在这片没有尘事俗情相扰的山林中是，静与动都是一种和谐，万物生灵亦能保持着自由与快乐。缘于此，陶弘景始终保持着内心的静默安然，感受着山水中每一处细致的美丽。

故而，他自然而然地发出“实是欲界之仙都”的感慨。只可惜，熙熙攘攘的世间，人们皆为利奔忙，少有人懂得欣赏山水之美，更别提会在山水中找到质朴本真的自己。

陶弘景把自己放逐在俗世之外，内置于山水其中，晨晓观日出，午后赏流水，黄昏看雾霭，深夜望月明，天地就在心中，自我就在自然中，而后枕着这片山水逝去，未尝不是一种最为完满的归宿。

清代学者李兆洛在《骈体文钞》卷三十《答谢中书书》末批曰：“亦应尚有起讫。”说这封信笺并非完整之文。其实又何必这般拘泥，字里行间皆是天地山河，笔端之语皆是幽然情趣，陶弘景想对谢微说的话，也无非是这般。

山水自然，从来都是世间最为慈悲的存在。

三杯两盏，深深地醉了

萧纲《采莲赋》

望江南兮清且空，对荷花兮丹复红。卧莲叶而覆水，乱高房而出丛。楚王暇日之欢，丽人妖艳之质。且弃垂钓之鱼，未论芳萍之实[①]。唯欲回渡轻船，共采新莲。傍斜山而屡转，乘横流而不前。于是素腕举，红袖长，回巧笑，堕明珰。荷稠刺密，亟牵衣而绾裳；人喧水溅，惜亏朱而坏妆。物色虽晚，徘徊未返。畏风多而榜[②]危，惊舟移而花远。歌曰：常闻蕖可爱，采撷欲为裙。叶滑不留綖，心忙无假熏。千春谁与乐，唯有妾随君。

【注释】

①“且弃”二句：据《战国策·魏策四》中载，魏王与其宠幸的龙阳君同船垂钓，龙阳君说，既得大鱼，即欲弃去前此所钓小鱼。又据《说苑·辨物》中载，楚昭王渡江之时，遇到大物漂于江上而触舟，物乃萍实。于是剖食之，味甚甘美。据《战国策》中载，与龙阳君共钓者乃魏王而非楚王。此赋写丽人采莲而托为楚王时事，本是虚构；用典亦属信手拈来，不必拘泥细究。

②榜：指船桨，这里代指船。

江南好似滚滚红尘遗失的一颗明珠，是那样遗世独立、不染纤尘地在梦里的水乡轻轻游荡。但它又实在太过多情，苏小

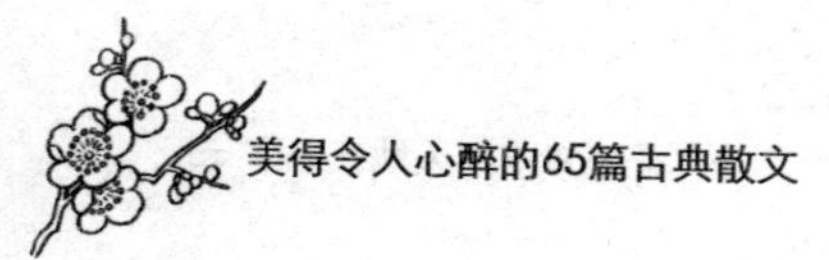

小曾乘坐油壁车，遇见了鲜衣怒马的阮郁；许仙在雨中的断桥之上，邂逅了一段缠绵悱恻的爱情。美景与美人，酝酿了千年风姿不减的故事。

无论从哪个角度去观赏江南，它都别有风韵。初春时淫雨霏霏，撑一把油纸伞徜徉在青石板道上，仿佛能重拾往日的时光。秋日，落叶一片片落下，让人感受到生命的静默与大美。冬日虽没有冰封千里的豪情，但白居易在雪花将落的黄昏，轻轻问友人“能饮一杯无”的场景，更具一种暖意与情趣。而说到江南的夏天，不是燥热，亦不是喧嚣的蝉鸣与蛙声，而是荷花盛开时，舟中少男少女出没莲荡，采摘莲子的浓淡相宜的水墨画。

荷花在水中恣意摇曳，固然是一种美，但若少了轻歌互答的采莲人，也算是对美景的一种辜负与浪费。

在辽远清澈的碧空下，殷红的莲花簇拥着开放，无边无际。翠碧的荷叶遮蔽着透彻的流水，莲茎高高托起饱满的莲蓬，那深红浅白的莲花，好似婷婷的舞女的裙，飘扬在一片翠绿之中。

昔日的楚王在闲暇之余，邀请宫中浓妆淡抹的丽人，共享采莲之欢。采莲的场景本就浸染了一种浓得化不开的诗意，如若再加上些许暧昧氤氲的情愫，则更添了渗透到骨子里的美感。他们在江南的荷塘中，无心保存此前钓起的鱼儿，亦无心品尝鲜美萍实，只一心荡到荷花丛中，去采摘新开的莲花。

于是丽人们举起纤纤素腕，挽起悠长红袖，在参差的荷花中左右采之、左右芼之。许是为了方便采莲，抑或是小舟轻荡，丽人耳上所佩戴的明珠渐次脱下。舟行水中，繁盛的荷花轻轻将她们的衣裳牵住，忘情采撷的宫人却从不忘注意自己的妆饰，生怕妆容的丁点瑕疵也会被同来采撷的君王窥看了去。

说到底，在清丽的荷塘中，丽人并非单单采莲，而是采撷像莲花盛开那般的爱情。以至于暮色渐渐临近，她们仍流连忘返。李清照在豆蔻年华，与一群少女游荡到荷塘深处，酒酣心醉后便“不知归路”，天色已晚，借着蔼蔼暮色，晚归的游人荡起船桨，正难辨方向，突然发现早已置身于曲港横塘深处，红莲翠荷之中。采莲的丽人，亦是虽没有在美景中，饮下三杯两盏淡酒，但也深深地醉了。

在回去途中，她们因波荡船摇而提心吊胆，又因荷花美艳丰饶而恋恋不舍。一剪清风迎面拂过，不知是谁轻轻唱起了古老的歌谣：“常闻蕖可爱，采撷欲为裙。叶滑不留綖，心忙无假熏。”采莲女常听说荷花惹人怜爱，欲采之成衣为裙，荷叶光滑不会留下针线的痕迹，清香的莲衣也无须用香去熏。这样的曲子，好像带着夏夜淡淡的香味，让人不自觉地去回望那片参差摇曳的荷花丛。

正是那一句“千春谁与乐，唯有妾随君”，最为大胆，也最为深情。不知楚王听到这般缱绻迤逦的歌声，会做何感想。或许，在那一刻，他已不是高高在上的天子，而是市井烟火中温情的普通男子。或许，他想着，明日还要来这片荷塘中采撷爱情。

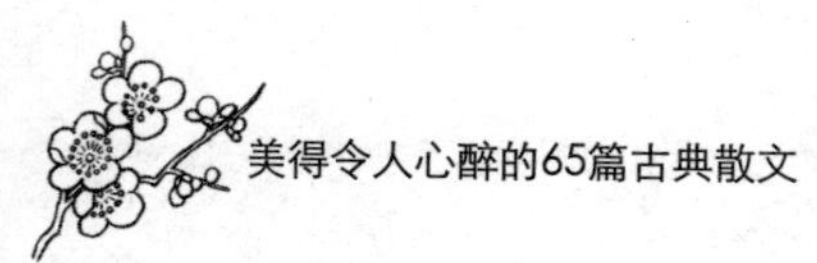

勾起神思与惆怅

郦道元《三峡》

自三峡[1]七百里中，两岸连山，略无阙处。重岩叠嶂，隐天蔽日，自非亭午夜分，不见曦月。至于夏水襄陵，沿溯阻绝。或王命急宣，有时朝发白帝[2]，暮到江陵[3]，其间千二百里，虽乘奔御风，不以疾也。春冬之时，则素湍绿潭，回清倒影。绝巘[4]多生怪柏，悬泉瀑布，飞漱其间，清荣峻茂，良多趣味。每至晴初霜旦，林寒涧肃，常有高猿长啸，属引凄异，空谷传响，哀转久绝。故渔者歌曰："巴东[5]三峡巫峡长，猿鸣三声泪沾裳。"

【注释】

①三峡：即瞿塘峡、巫峡、西陵峡的总称，位于长江上游重庆境内和湖北西部一带。据今人考证，郦道元足迹未至南方，而其文实出南朝宋盛弘之的《荆州记》。

②白帝：城名，在今四川奉节东边山上。

③江陵：县名，在今湖北境内。

④巘（yǎn）：山峰。

⑤巴东：郡名，东汉末年设置，治所在鱼复（今四川奉节东），控制三峡地区，为蜀汉东部门户。

“告别白帝城，便进入了长约二百公里的三峡。在水路上，二百公里可不算一个短距离。但是，你绝不会觉得造物主在作过于冗长的文章。这里所汇聚的力度和美色，即便铺排开去两千公里，也不会让人厌倦。瞿塘峡、巫峡、西陵峡，每一个峡谷都浓缩得密密层层，再缓慢的行速也无法将它们化解开来。连临照万里的太阳和月亮，在这里也挤挨不上。”这是余秋雨对三峡的认知，但他更多的是赞叹，并未对引起他欣喜的美景做出精准、细致的描述。

而第一次发现三峡的美，并将它的秀美俊逸、豪放深情淋漓尽致地描摹出来的人，则非郦道元莫属。他既有地理学家的直观务实、清晰严谨，又有文学家的俊美言辞、跌宕风姿，故而读完这篇写在宣纸上的《三峡》，竟然好像真正看到了在天地中奔腾的三峡。

三峡两岸雄峻神奇的山峦连绵不绝，拔地而起的群峰巍峨耸立，遮蔽天日云霓，简直要将整个天幕霸占，就连日月也要在正午时分才能出现。既然山峰如此伟岸雄峻，定要有奔涌恣肆的湍流，方能与之相配。三峡的“夏水”正是汹涌而奔放，震荡而热情。当奔腾咆哮的水流遇到重峦叠嶂时激起的滔天浪花，恐怕连“惊涛拍岸”等语都不能描摹其一二。水流之急到何种程度呢，郦道元说得好：“朝发白

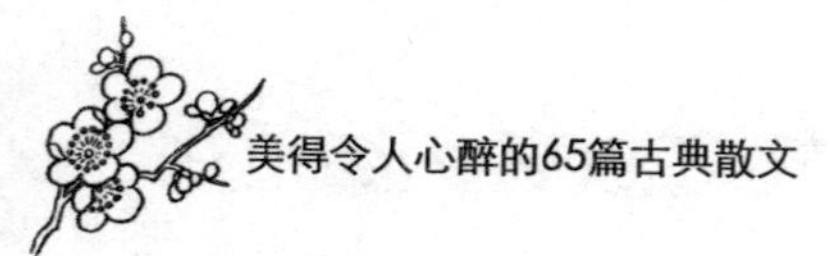

帝，暮至江陵。”一千二百的行程，“虽乘奔御风，不以疾也”。

山耸峙，四季不移；水灵动，与时变换。在夏季，水是激越的、奔放的、无节制的；而到了春冬之时，水则是宁静的、收敛的、有章法的。三峡好似一座藏着无尽宝藏的回廊，等着世人会探索、去发现。在季节的转角处，又是柳暗花明的风景。峰峦花树倒映在碧绿的潭水中，参差茂密的怪柏扎根在悬崖峭壁上，还有那些悬泉瀑布，一落九天。它们虽不似夏水一样震人心脾，但自有一番清静幽谧之美，难怪郦道元会发出“良多趣味”的感叹。

至于那些初晴的秋日、结霜的冬晨，则是另一番景致。山野凄寒肃穆，山谷岑寂空旷，常常传来缠绵凄厉的猿啸声，在这空无人烟之地久久回荡，余音不散，往往勾起行人的神思与惆怅，令人情不能已，以至于涕下沾衣。

三峡雄壮、险峻、轻灵、闲逸、凄艳，盛夏之时奔放、春冬之时俊逸、深秋之时哀伤，每一个角度，每一个侧面，都让观者欣喜、感伤、慨叹。郦道元的如椽大笔与大自然的鬼斧神工珠联璧合，熨帖得天衣无缝，故而浩瀚的历史中印刻下了这样有着传奇色彩的美丽。

美在景，美在情

吴均《与朱元思书》

风烟俱净，天山共色，从流飘荡，任意东西。自富阳[①]至桐庐[②]一百许里，奇山异水，天下独绝。水皆缥[③]碧，千丈见底；游鱼细石，直视无碍。急湍甚箭，猛浪若奔。夹岸高山，皆生寒树。负势竞上，互相轩邈[④]，争高直指，千百成峰。泉水激石，泠泠作响；好鸟相鸣，嘤嘤成韵。蝉则千转[⑤]不穷，猿则百叫无绝。鸢[⑥]飞戾天[⑦]者，望峰息心[⑧]；经纶[⑨]世务者，窥谷忘反。横柯[⑩]上蔽，在昼犹昏；疏条交映，有时见日。

【注释】

①富阳：县名，在今天浙江杭州西南部，因其县城位于富春江北岸而得名。

②桐庐：县名，在今天浙江桐庐，也在富春江边。

③缥：淡青色。

④轩邈：轩，高。邈，远。这里用作动词，指竞相伸展，无比高远。

⑤转：通“啭”，鸣叫。

⑥鸢：即鹞鹰。

⑦戾天：高飞入天。

⑧息心：指心死。比喻竞仕者死了入仕之心。

⑨经纶：筹划治理。

⑩柯：树枝，树杈。

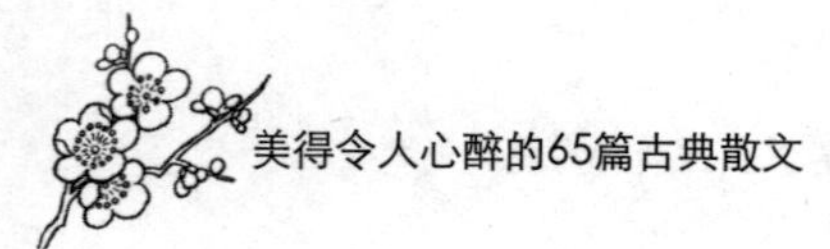

有人说，一切过于丰盛完满的事物，就给人以停顿之感。漂泊在世间，只知道任何一个驿站都将是下一个起点，却从不知归宿在何处。如若在人生的修行途中，偶然邂逅一处幽然而岑静的角落，难免会在瞬间为这片与世无争的土地感动，从而在内心深处生发出停泊的愿望。

六朝山水画家宗炳曾说，观山水的目的在于“澄怀观道”。自然界的山光水色，不惧人事更迭，不怕阴晴变幻，它与永恒的时光一样长久，必然会在不经意间拨动观者敏感的心弦，像是流水在稻田中轻轻蔓延一般，泽润人们干涸的心房。

吴均即是游赏富春江时，生发了寄情山水的生活理想。这篇《与朱元思书》，与其说以墨作成，倒不如说是蘸着满腔的欣赏与赞叹，以情韵泼洒而成。它实在是美，美在景，美在情，美在词，也美在章。

此地天山相间，天伴山愈来愈远，山随天愈淡，天山烘托，山天互衬，最终融合为一。吴均看到这番景致，自然是乘兴游江，“自富阳至桐庐一百许里”，沿着蜿蜒百里的江水探寻那青山绿水的踪迹。江山多娇，引无数骚客竞折腰，尤其在这里无论是群峰，还是江水，皆自成风貌，与别处不同。

有山相映，水更显空灵之姿；有水环绕，山更添勃勃生机。它们各有其美，却又不分彼此，在自然界中成为最完满的组合。江水明澈碧绿，甚至千丈之深也是澄净见底。于其中缓缓摆动的游鱼，以及在江底静静躺着的鹅卵石，皆历历可见。本以为安静与柔和是春江水唯一的姿态，却不曾想它亦在明净纤柔之外，开出了另一番奔腾磅礴的境界。遇到激流险滩时，飞奔的江水一泻千里，甚至比利剑还要快，那汹涌的波浪猛似奔马，让人惊心动魄。

水有柔美与壮美之分，山亦有静默与动态之别。两岸的高山，长着郁郁葱葱的树木。千峰竞秀，争相比高，奋力直向上耸，竟形成了千百座形状不一的奇峰，这不禁让人想到苏轼的“横看成岭侧成峰，远近高低各不同”之句。

如若没有生命存在，景致再美轮美奂，亦没有生气。泉水叮咚作响，鸟鸣此起彼伏，蝉鸣婉转不穷，猿啼长啸无绝，慈悲的空山幽谷包容了这些清越的声响，反过来，山谷也因此添了生命的迹象。

想必吴均是想永远停留于此的，不然他不会在遮天蔽日的空山中，说“望峰息心”；亦不会在幽深昏昧的幽谷中，言“窥谷忘反”。或许，在这片如画如歌的山水中睡去，直至生命终结，当是不错的选择。

《梁书·吴均传》说他“文体清拔有古气”，这篇由多变的角度、丰富的手法、精妙的构思、空灵的笔法以及千锤百炼的字句泼墨而成的佳作，则“清拔”满足，“古气”有余，实为山水小品的上乘之作。

通往醇美人生的路径

柳宗元《始得西山宴游记》（节选）

今年九月二十八日，因坐法华西亭[①]，望西山，始指异之。遂命仆人过湘江，缘染溪[②]，斫榛莽，焚茅茷，穷山之高而止。攀援而登，箕踞而遨，则凡数州之土壤，皆在衽席之下。其高下之势，岈然洼然，若垤若穴。尺寸千里，攒蹙累积，莫得遁隐。萦青缭白，外与天际，四望如一。然后知是山之特立，不与培塿[③]为类；悠悠乎与颢气俱，而莫得其涯；洋洋乎与造物者游，而不知其所穷。引觞满酌，颓然就醉，不知日之入。苍然暮色，自远而至，至无所见，而犹不欲归。心凝形释，与万化冥合。然后知吾向之未始游，游于是乎始，故为之文以志。是岁，元和四年也。

【注释】

①法华西亭：法华寺西的一座亭子，寺在永州城内东山上，作者于元和四年（809）建亭，称为西亭，并有《永州法华寺新作西亭记》。

②染溪：即冉溪，潇水的支流，在永州西南。

③培塿（pǒu lǒu）：小土丘。

每一条溪流，每一泓潭水，每一珠幽草，每一粒沙石都有其独特的面貌。不是每个人都能悟到自然的慈悲与长情，唯有放下俗世，在低头的刹那，方才注意到山的巍峨与水的灵动，都是治愈心灵的良药。

柳宗元因参加“永贞革新”获罪，被贬为永州司马。命运剥夺了他在雍容华贵的朝堂之上继续发光发亮的机会，却赠予了他一把开启山水智慧的钥匙。纵然这份补偿，并不符合他自幼立下的“以利安元元为务”志向，但在转角处，也算是看到了另一种柳暗花明。

十年之间，他的游踪遍布永州每一处荒芜的角落，用双眼与心灵观照这些被世人遗忘的生命，这些始终静默的生命又缝合了他的伤口，慰藉了他的灵魂。故而，他的笔下有了那如诗如画的山水篇章。如若没有柳宗元的游历与文辞，或许永州那“怪特”的西山、幽美的小石潭、袁家渴、钴鉧潭，仍被埋没在荒草之中。

在游览胜景过程中，他曾作下多篇游记，特别是“永州八记”最为后人称道。这一篇《始得西山宴游记》则是“永州八记”的第一篇。

“始得”二字，泄露了作者的惊喜之情、乐享之意。此前他在荒蛮的永州，或是行歌坐钓，或是涉足田园，看似是恣意悠游，心中仍是以悲伤、不平为底色。而今游赏西山之后，体悟到了它的与众不同，方才真正领略到了自然之美。

他曾在《永州柳中丞作马退山茅亭记》中曾云：“美不自美，因人而彰。”当他坐在法华寺之中的西亭上，遥望西山时，觉察到了西山风景之“异”。他发现了此处山水与别处的相异，便要改造、去攀援，使之更美，更具魅力。于是他命仆人，越过湘江，沿着染溪行走，砍掉杂乱繁芜的莽草，烧掉茂盛稠密的茅茷，誓要登上西山之巅。

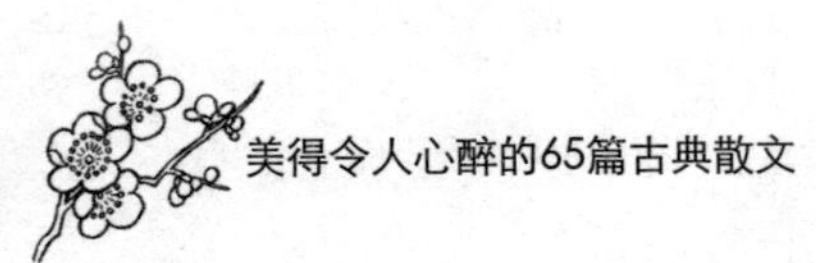

“过”“缘”“斫”“焚”，西山以美景为诱饵，即便登山如此不易，作者却一直乐在其中。

登上西山之后，遥望周遭，数州土壤，皆在脚下。驰目骋怀，眼中所见自是辽阔无垠，远处山川草木，近处江海湖泊，皆入眼帘，无一隐蔽。周遭群岭环绕，白云缥缈，真似众星拱月之状。柳宗元不禁感叹道，这如此卓尔不群的西山，怎能与那些小土堆相提并论。

那些千愁万绪，那些熙攘名利，早已被西山稀释成一团缥缈的雾气，风一吹便散播天涯海角，大有心灵涤荡、精神开阔、与物同化之意。如此兴奋的心情，如此逶迤的美景，怎能少得了美酒。故而，他斟满酒杯，“颓然而醉”。这番沉醉，是因美酒而起，更是美景使然。

自此，他寻到了通往醇美人生的另一条路径——寻幽访胜。

水，流动就是命运；山，固守就是过往。自然山水玉露的恬淡方能涤去内心的污浊秽物。倘若冰炭难置的心事，终成不眠，不妨给心灵做一次原始的按摩，让心灵在自然中始终透澈。正如西班牙哲学家乔治·桑塔耶纳所说：“自然的景象是神奇而且迷人的，它充满了沉重的悲哀和巨大的慰藉，它交还我们身为大地之子与生俱有的权利，它使我们归化于人间。”

物在而人非

阎伯理《黄鹤楼记》

州城西南隅，有黄鹤楼者，《图经》[①]云："费祎[②]登仙，尝驾黄鹤返憩于此，遂以名楼。"事列《神仙》之传[③]，迹存《述异》之志[④]。观其耸构[⑤]巍峨，高标巃嵸[⑥]，上倚河汉，下临江流；重檐翼馆，四闼[⑦]霞敞；坐窥井邑，俯拍云烟：亦荆吴[⑧]形胜之最也。何必濑乡九柱、东阳八咏，乃可赏观时物、会集灵仙者哉。

刺使兼侍御史、淮西租庸使、荆岳沔等州都团练使，河南穆公名宁，下车而乱绳皆理，发号而庶政其凝。或逶迤退公，或登车送远，游必于是，宴必于是。极长川之浩浩，见众山之累累。王室载怀，思仲宣之能赋；仙踪可揖，嘉叔伟之芳尘。乃喟然曰："黄鹤来时，歌城郭之并是；浮云一去，惜人世之俱非。"有命抽毫，纪兹贞石。时皇唐永泰元年，岁次大荒落，月孟夏，日庚寅也。

【注释】

①《图经》：附有图册书籍或地理志。

②费祎：三国时期，蜀汉的大将军。

③《神仙》之传：晋代葛洪著的《神仙传》，记载的是关于当时所传的神仙故事的传记。

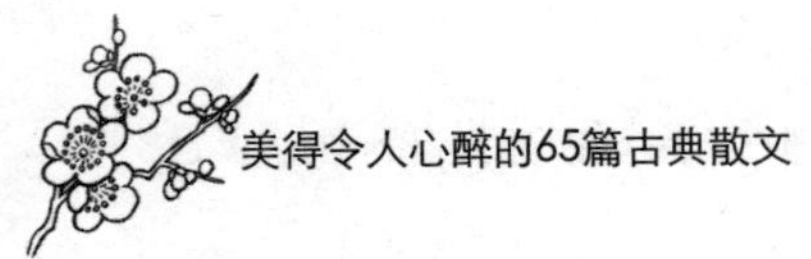

④《述异》之志：南朝梁任昉著的《述异志》，广泛采集了古代笔记、小说中志怪故事而写成。

⑤耸构：矗立的楼宇。

⑥巃嵸（lóng zōng）：高耸的样子。

⑦闼（tà）：门。

⑧荆吴：楚国和吴国，泛指长江中下游地区。

位于武昌西南之隅，享有“天下绝景”的黄鹤楼，与岳阳楼、滕王阁并称为“江南三大名楼”。三国时期，孙权为实现“以武治国而昌”，便筑城为守，建楼以瞭望。据《图经》所载，彼时的蜀汉大将费祎得道升仙后，曾骑着黄鹤经过此地，在楼上休息，自此这座城楼便以“黄鹤”命名。

至唐朝时，此地成为著名的游览胜景，文人墨客到此一游后，总不惜笔墨为此楼赋诗。崔颢一首《黄鹤楼》：“昔人已乘黄鹤去，此地空余黄鹤楼。黄鹤一去不复返，白云千载空悠悠。晴川历历汉阳树，芳草萋萋鹦鹉洲。日暮乡关何处是，烟波江上使人愁。”更使此地名声大噪。

阎伯理来到此地后，应穆名宁的要求，为黄鹤楼作下这篇文章。“江南三大楼”中，范仲淹在岳阳楼上“心旷神怡，宠辱偕忘”；王勃在滕王阁中看到“落霞与孤鹜齐飞，秋水共长天一色”；阎伯理在黄鹤楼上，则深切感受到此楼为“荆吴形胜之最”。

阎伯理在描绘黄鹤楼时，上下、远近、内外，无一处不触及。

仰观黄鹤楼，巍峨的高楼雄壮地伫立在江边，仿佛就要与天空相接。目光顺着高楼向上，飞檐好似鸟的翅膀一样，层层叠叠，与云霞相映成趣。置身黄鹤楼上随意远望，可将整个城市的景色尽收眼底。俯瞰时，好像可以随意触摸到云气、烟雾一样。

至此时，黄鹤楼的各个角度皆已融进笔墨中，但作者仍是意犹未尽，又列举老子祠、八咏楼，以作为黄鹤楼的陪衬。此地景色美、传奇美，难怪穆名宁无论是公余游览，还是举行宴会，皆把黄鹤楼作为绝好去处。

独自游览也好，众人聚集也罢，定然少不了美酒相佐。酒杯有底，思绪却无垠。这妩媚的大好风景，在美酒的晕染下，更显迤逦多姿，让人不由得追忆起东汉末年因见王室衰微，而登楼所作的《登楼赋》，亦想起仙人驾鹤来临时，荀叔伟在此地宾主畅叙之景。而此时仙人已去，黄鹤不复返，难免让人感到物在而人非。

人来人往，谁都不是黄鹤楼的主人。唯有那古老而深邃的时光，在晨曦昏晓中见证着它的繁华与落寞。

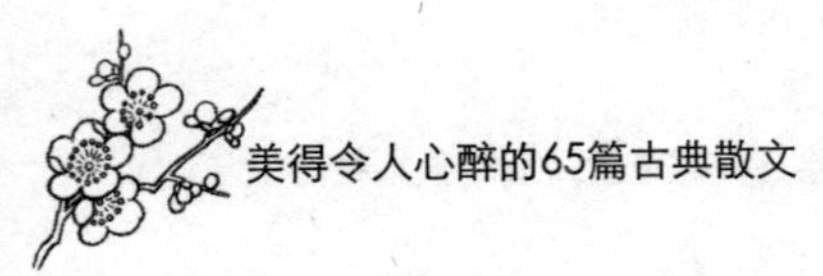

世人皆会生发浪漫之情

袁宏道《西湖》（一）（节选）

从武林门[①]而西，望保叔塔突兀层崖中，则已心飞湖上也。午刻入昭庆，茶毕，即棹小舟入湖。山色如娥，花光如颊，温风如酒，波纹如绫，才一举头，已不觉目酣神醉。此时欲下一语描写不得，大约如东阿王[②]梦中初遇洛神时也。余游西湖始此，时万历丁酉二月十四日也。

【注释】

①武林门：宋代名叫余杭门，俗称北关门，现在杭州城北。

②东阿王：指代三国时期的曹植，他曾经被封为东阿王。

走进西湖之时，湖面如镜，湖边亭台楼阁林立，水木杉如西子般水灵玉立。难怪济公会把它当作酒，白娘子会将它当作泪。不知是西湖美景，生发出诸多哀伤凄婉的传奇故事，还是那些断桥边的风花雪月，将西湖浸染得朦胧迷离，历尽沧桑依然妩媚如初。西湖就是以这般姿态，在杭州之地，熠熠生辉。

面对人间胜景，世人皆会生发浪漫之情，就连潇洒至极的苏轼第一次见到西湖时，也情不自禁地将它比为“淡妆浓抹

总相宜”的“西子”。明代的袁宏道曾多次来到西湖，但为管制所束，心境拘束烦闷，往往不得尽兴。辞官之后，他“久在樊笼里，复得返自然”，再次前往波纹荡漾的西湖时，竟像饱受相思之苦的男子，急于要见到心慕已久的佳人一般。

他在杭州城北武林门出发西行，望见保俶塔矗立在山石之中，而内心早就翩翩飞舞，荡漾在西湖之上。杭州人杰地灵，其中胜景无数，保俶塔本也是一处名胜，然而袁宏道竟然对其“视而不见”，只是急于奔赴西湖。

来到湖边昭庆寺，作者略一歇脚，饮茶数杯，便匆匆划船下湖。尽管他对西湖之美自是有所畅想，然而此时此刻深处西湖怀抱之中，零距离感受她的一切，不禁心醉神迷，心旌摇曳。“山色如蛾，花光如颊，温风

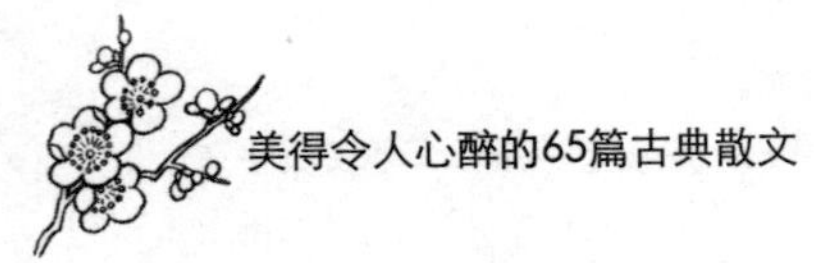

如酒，波纹如绫”，袁宏道如此描述西湖。山峦蜿蜒，犹如女子的娥眉；花红柳绿，好似美人的妆容；微风熏陶，胜过醇香的佳酿；波澜起伏，就像绫罗绸缎般温润优雅。水天之间，美景尽收眼底，令人不知今夕何夕。

这番描述甚至比苏轼那句“淡妆浓抹总相宜”还要让人惊艳，但袁宏道沉浸在这一片景色之中，仍觉不够。尽管他仍极力想从脑中搜寻些词句来进一步形容所见所感，但无论怎样绞尽脑汁、搜肠刮肚，也无法吐出一字。

如若非要举出一个相似的例子，或许也只有于水边偶遇洛神，目睹其绝世风姿的曹植可以与作者相比较了。然而才高八斗的曹植，还可以将自己的感慨付诸笔下，以“翩若惊鸿，婉若游龙”来比拟洛神的风姿神韵，写下传世名作《洛神赋》，而袁宏道却在“西子”面前，目瞪口呆，难以言语。

明代学者江盈科读完这篇文章后，云：“中郎所叙佳山水，并其喜怒动静之性，无不描画如生。譬之写照，他人貌皮肤，君貌神情。”确为中肯之评。

对山水的痴，是一种境界

张岱《湖心亭看雪》

崇祯五年十二月[①]，余住西湖。大雪三日，湖中人鸟声俱绝。

是日，更[②]定[③]矣，余拏一小舟，拥毳衣炉火，独往湖心亭看雪。雾凇沆砀[④]，天与云、与山、与水，上下一白；湖中影子，惟长堤一痕、湖心亭一点与余舟一芥、舟中人两三粒而已。

到亭上，有两人铺毡对坐，一童子烧酒，炉正沸。见余，大喜，曰："湖中焉得更有此人！"拉余同饮。余强饮三大白[⑤]而别。问其姓氏，是金陵人，客此。

及下船，舟子喃喃曰："莫说相公痴，更有痴似相公者。"

【注释】

①崇祯：明思宗年号。

②更：古人将一夜分为五更。

③定：停止，安静。

④沆砀（hàng dàng）：白色雾气。

⑤大白：一种酒杯的名称。

古人骑一头毛驴，走走停停，看天看云看山，看生活也看自己。他们行走在广阔的时空里，观察莺飞草长，欣赏土肥水

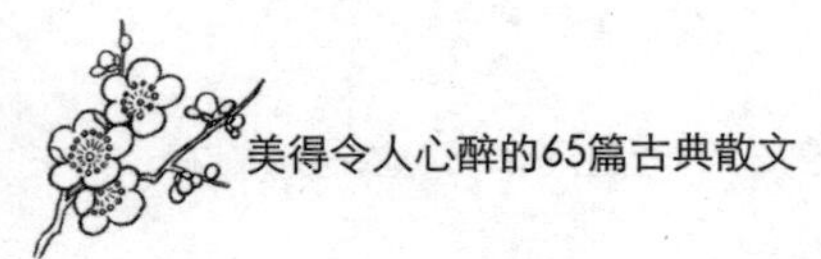

美，他们把自己的心灵静静地铺在生活的土地上，细腻的感受犹如种子落地，花开无声，却深深地扎根在他们的心里。他们知道哪里有高山、盆地，哪里有湖泊、山林。回归自然，甘于寂寞，又在自然中有所得，即便他们在颠沛流离中过完一生，却丝毫不影响生活的饱满度与完整度。

故而将眼中所见，心中所思付诸笔尖时，亦是凝练简洁而不失韵味的几句。就好似一颗浓缩了千万年岁月与心事的琥珀，晶莹至极却丝毫不张扬。

张岱的小品文即是如此，犹如一首绝句一般，自有一种隽永清淡的风致。文如其人，张岱出身于官宦之家，明亡以前未曾出仕，一直过着布衣优游的生活。在明亡以后，曾参加过抗清斗争。其后一直避居在剡溪山中，与志同道合之士标榜高雅清逸、悠闲脱俗，纵情于山水之中，恣意于自我之界。在玩赏流连中，品味生活的意趣，领悟艺术的诗情。

这首《湖心亭看雪》是对山水的痴，是对自我的痴，亦是对艺术人生的痴。

雪落三日，湖山封冻，人鸟都噤寒无声，瑟缩着不敢外出。而张岱却偏偏在深夜“更定”之时，乘一叶小舟，披一件毛皮衣，拥一炉炭火，孤身前往湖中。人们总是要为自己的喜欢付出代价，张岱因有一种文人特有的清高与自赏，自然要在冰雪皑皑的原初之景未遭到破坏时，不顾严寒在深夜启程探幽访胜。

他付出了代价，却也收到了回报。西湖雪夜果然是一片好景。天与云与山与水，一切尽白。伫立在广袤的天地之间，一切都不足为道了。唐代的柳宗元也曾在这样一片雪景中，独自垂钓寂寞。他亦是不惧寒冷，也不畏孤独，而是在“千山鸟飞绝，万径人踪灭。孤舟蓑笠翁，独钓寒江雪”的意境中，享受着生活的静谧与从容。他有时间体会这独得的乐趣，也有心情细细咂摸生活的况味。

张岱笔下雪景，与柳宗元《江雪》一诗意境暗合，却又有所不同。暗合之处在于，无论是柳诗还是张文，都意在表达一种不绝于流俗、遗世独立的人格追求。而柳诗悠然自得不假，却多了一丝孤寂，而张文虽然也冷清异常，情感却并不萧瑟。

当他到达湖心亭畔，却不期然竟有人先至。张岱还未来得及惊诧，便被喜悦和热情包围，这何尝不是知音偶相逢的快意，遂一同把酒言欢，尽兴而别。诚然，人生如寄，萍水相逢，得遇知己之人已是快事，何须细问姓名来历。但张岱出于尊敬仍出口询问，方知二人也是漂泊江湖之客。他虽非羁旅行役之人，却有着一片飘零无偶、无所归依的心境，此时与旅者相遇，自然能感到他们雪夜出行的艰险不易，于是发出“莫说相公痴，更有痴似相公者”的喟叹。

对山水的痴，是一种境界。读懂并描摹出这种痴，更具一种澄明的心境。张岱的这篇《湖心亭看雪》，犹如一壶香茗，要用丰富的生活来浸泡，才能在明媚的午后，看到茶叶丝丝舒展，闻到茶香缕缕缭绕。

以豪情为墨，用美景做宣

姚鼐《登泰山记》（节选）

戊申晦，五鼓，与子颍坐日观亭待日出。大风扬积雪击面。亭东自足下皆云漫。稍见云中白若樗蒱[①]数十立者，山也。极天，云一线异色，须臾成五彩；日上，正赤如丹，下有红光，动摇承之。或曰，此东海[②]也。回视日观以西峰，或得日[③]，或否，绛皓驳色，而皆若偻。

【注释】

①樗蒱（chū pú）：又作“樗蒲”，古代的一种赌博游戏，这里指博戏用的“五木”。五木两头尖，中间广平，立起来很像山峰。

②东海：这里泛指东边的大海。

③得日：指有太阳照射着。

泰山矗立于齐鲁大地，东面毗邻一碧万顷的大海，西面紧靠波浪汹涌的黄河，巍峨壮丽，雄奇沉郁，难怪杜甫会有“岱宗夫如何，一览众山小”的感叹。跌宕起伏的山脉，云烟岚光的变幻，巨石苍松的点缀，更使它在雄浑中自有一种明丽，在静默威严中又不乏灵气。

泰山的春夏自然被苍碧翠绿的植被覆盖，似是万物初生，

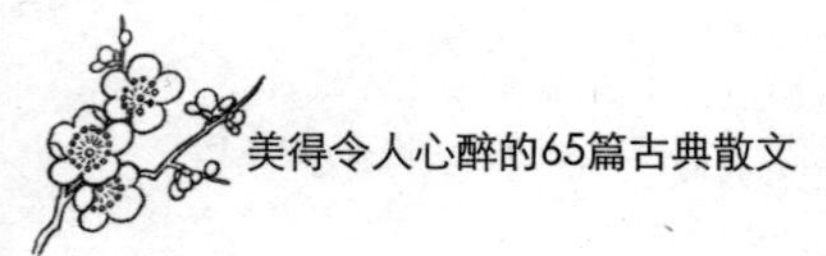

散发着一股强韧的生命力。及至万物凋零的秋天，泰山则由张扬渐渐转为内敛、平和、质朴，萧瑟中却孕育着一种成熟的大美。最是冬天，此地最令人心旌摇曳。迎风斗雪的青松，显露出刚正不阿的风骨；似要席卷一切的狂风，犹如沉沉吹响的冲锋号角；胜于梨花三分白的落雪，以铺天盖地之势，重新装扮了这座巍然山峰。

世人早就有“五岳归来不看山”之感，作为五岳之首的泰山，则更具魅力，更何况姚鼐与挚友登泰山时，正是银装素裹的冬日，因他没有孤芳自赏的清高，以不存“独钓寒江雪”的孤寂，只觉泰山大气磅礴、绚丽气派，他自然要以豪情为墨，用美景做宣，写下此刻自然界带给他的感动与震撼。

五更之时，他与子颖至日观亭，坐候日出。大风扬起厚厚的积雪扑面打来，日观亭以下皆是云雾弥漫，影影绰绰的远山，在此刻看来不过是如“五木”骰子一样的小白点。日将要出时，“极天，一线异色”，在地平线上，云彩形成了颜色奇异的一条线。不过须臾之间，这一缕奇异的光线则五彩缤纷、绚丽纷呈。此后，“日上，正赤如丹，下有红光，动摇承之”，一轮旭日喷薄而出、气势磅礴。

日出之景，变幻莫测，若要诉诸文字，且描摹出瞬间的动感，一些文人难免会觉得棘手。而姚鼐却用寥寥几笔，便将旭日升腾时的璀璨光彩以及跳跃的动态，穷形尽相地泼染而出，不得不让人赞叹他为文功底之深厚。就连以“诗圣”著称，出口即成诗的李白，写道泰山日出时，也只得以“海色动远山，天鸡已先鸣”的虚笔带过。当作者欣然回首观望日观亭以西的山峰时，西部诸峰在阳光下呈现红白夹杂。一瞬间日出后阳光洒满了整个山群，阳光与周围的景色交相辉映，完美地渲染出了日出时的瑰丽风景。

姚鼐是桐城派创始人之一，与方苞、刘大櫆并称为“桐城三祖”。桐城散文宣扬以白描为主，反对藻饰，为文清淡简洁，尽洗六朝以来骈文铺陈夸张、典丽浓艳之铅华。这篇《登泰山记》，则言简意赅，意境历历，以韵味见长。

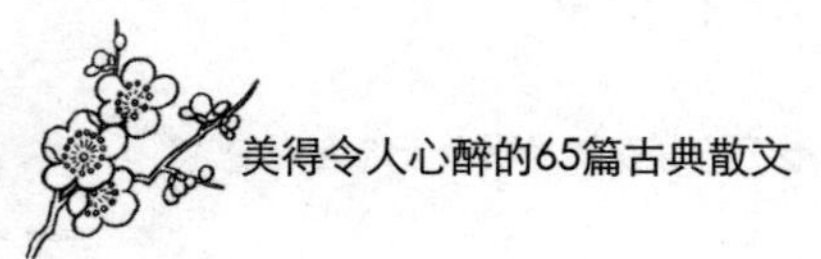

诚挚恳切的表白

邹阳《狱中上梁王书》（节选）

谚曰：“白头如新，倾盖如故。”何则？知与不知也。故昔樊於期逃秦之燕，藉荆轲首以奉丹之事；王奢去齐之魏，临城自到以却齐而存魏。夫王奢、樊於期非新于齐、秦而故于燕、魏也，所以去二国、死两君者，行合于志而慕义无穷也。是以苏秦不信于天下，而为燕尾生[①]；白圭战亡六城，为魏取中山。何则？诚有以相知也。苏秦相燕，燕人恶之于王，王按剑而怒，食以駃騠[②]；白圭显于中山，中山人恶之于魏文侯，文侯投之以夜光之璧。何则？两主二臣，剖心坼肝相信，岂移于浮辞哉！

【注释】

①“是以苏秦”句：战国时说客苏秦游说六国合纵抗秦，后秦国从中挑拨，破坏六国联盟，其他五国皆不再信任苏秦，只有燕国仍然信任他。尾生，据说尾生与女子约定相会于桥下，女子失约，尾声执着相候，直到涨潮依然不肯离去，最后抱桥柱而被溺毙。古人常以尾生作为守信的代表。

②駃騠（jué tí）：指良马。

邹阳是西汉初时齐人，以文辞著称。他最初在吴王手下任职，后来吴王谋反，邹阳劝谏而对方不听，于是他改投梁孝王门下。但邹阳的坎坷仕途并未自此归于平坦，他因性格刚直被人诬陷，梁孝王听信谗言，将邹阳下狱。后来，邹阳在狱中写了这封书信呈送梁孝王，坦陈自己的心志，情真意切，终于打动了梁孝王。

用典是这篇文章典范式的表达方式，对后来用典手法的成型有重要影响。文中涉及的历史人物多达数十人，用到的历史典故也不下四十个。

除了表达对忠而被谤的贤臣的同情，邹阳还对那些陷害他人、欺上瞒下的小人进行了批判，以“众口铄金，积毁销骨”指出了偏听偏信的弊端，并表示自己绝不会与这些谗谀小人同流合污，宁肯效仿曾子、墨子等古代先贤远离名利，以保持自己的独立人格和高洁操守。

通过这一番诚挚恳切的表白，邹阳终于感动了梁孝王，使他相信自己是被人诬陷。后来，邹阳不仅被释放出狱，还被梁孝王敬为上宾。

从这封书信中，可以看出邹阳思维之严密，论辩之严谨。虽然他写这封书信的目的是为了申辩冤屈，但行文语气平缓，态度淡然，并未以激烈的、强势的、愤慨的语气来控诉梁孝王对自己的不公处置。邹阳将大量的历史事件作为自己的充分论据，有力地向梁孝王传达出自己的忠诚，并最终实现了说服梁王的目的。

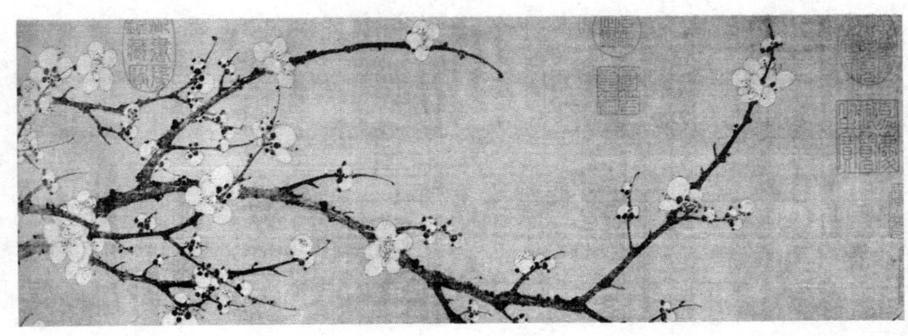

天下形势了然于心

陈寿《隆中对》

亮躬耕陇亩，好为《梁父吟》[①]。身长八尺，每自比于管仲、乐毅，时人莫之许也。惟博陵崔州平、颍川徐庶元直与亮友善，谓为信然。

时先主屯新野。徐庶见先主，先主器之，谓先主曰："诸葛孔明者，卧龙也，将军岂愿见之乎？"先主曰："君与俱来。"庶曰："此人可就见，不可屈致也。将军宜枉驾顾之。"

由是先主遂诣亮，凡三往，乃见。因屏人曰："汉室倾颓，奸臣窃命，主上蒙尘[②]。孤不度德量力，欲信大义于天下，而智术短浅，遂用猖蹶，至于今日。然志犹未已，君谓计将安出？"

亮答曰："自董卓已来，豪杰并起，跨州连郡者不可胜数。曹操比于袁绍，则名微而众寡。然操遂能克绍，以弱为强者，非惟天时，抑亦人谋也。今操已拥百万之众，挟天子以令诸侯，此诚不可与争锋。孙权据有江东，已历三世，国险而民附，贤能为之用，此可以为援而不可图也。荆州北据汉、沔，利尽南海，东连吴会[③]，西通巴蜀，此用武之国，而其主不能守，此殆天所以资将军，将军岂有意乎？益州险塞，沃野千里，天府之土，高祖因之以成帝业。刘璋闇弱，张鲁在北，民殷国富而不知存恤，智能之士思得明君。将军既帝室之胄，信义著于四海，总揽英雄，思贤如渴，若跨有荆、益，保其岩阻，西和诸戎，南抚夷越，外结好孙权，内修政理；天下有变，则命一上将将荆州之军以向宛、洛，将军身率益州之众出于秦川[④]，百姓孰敢不箪[⑤]食壶浆以迎将军者乎？诚如是，则霸业可成，汉室可兴矣。”

先主曰：“善！”于是与亮情好日密。

关羽、张飞等不悦，先主解之曰：“孤之有孔明，犹鱼之有水也。愿诸君勿复言。”羽、飞乃止。

【注释】

①《梁父吟》：此为古代一挽歌，又名《梁甫吟》，讲述人死后埋葬于一座叫梁父的山下，歌词悲凉。

②蒙尘：特指皇帝逃难出奔，这里指曹操将汉献帝从都城洛阳迁至河南许昌一事。

③吴会：东汉时将会稽郡分为吴、会稽二郡，合称“吴会”。泛指今江苏南部和浙江北部地区。

④秦川：秦国故地，今陕西、甘肃省秦岭以北平原地带。

⑤箪：古时的盛物器具，通常用竹或苇制成。壶浆：用壶装着酒浆。

本文一开始，作者说诸葛亮“躬耕陇亩”，让人感觉其平凡；接着说他“每自比于管仲、乐毅”，这说明他自认为有治世之才；一介村夫竟如此自视甚高，他究竟是名副其实，还是狂妄自大？这就为后来刘备和诸葛亮的著名对答埋下了伏笔，这也是《隆中对》的核心部分。

从“躬耕陇亩”的农夫，到对天下形势了然于心的人

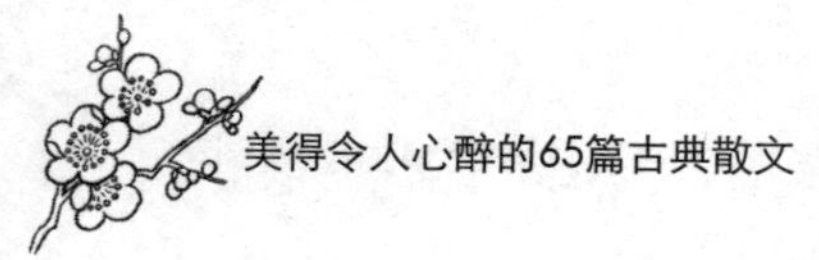

才，这一番对答鲜明地塑造了诸葛亮的形象，突出他卓越的政治、军事才能。刘备在见到诸葛亮之前内心充满担心和疑虑，而诸葛亮的一席话让刘备豁然开朗、信心大增。尤其是“百姓孰敢不箪食壶浆以迎将军者乎”这一反问句，从侧面告诉刘备，兴汉事业是顺乎历史潮流、深得民心的。最后刘备的一个“善”字，足以看出他那种遇知音的兴奋之情，同时也表达了刘备对诸葛亮的敬佩之情和对“兴汉室”必胜的信念。

《隆中对》不仅内容精彩，而且也具有很高的艺术造诣，因此深得后世推崇。文章结构严谨，全文是紧紧围绕诸葛亮的出类拔萃、才干非凡这个中心展开的，省去了与此无关的内容。文章一开始写“亮躬耕陇亩”，让人觉得诸葛亮很不起眼，接着写他的身形和不同凡响的自比，然后又以“时人莫之许也”和崔州平、徐庶的“谓为信然”两种截然不同的评价，给读者造成悬念。徐庶称其为“卧龙”，借其给刘备的叙述进一步颂扬了诸葛亮，引出了下文。对答部分则通过诸葛亮严谨的分析解除了读者的悬念，证实了诸葛亮有“管仲”“乐毅”之才。最后又通过刘备的“孤之有孔明，犹鱼之有水也”的赞语，进一步说明诸葛亮的治世之才。全文前后呼应、环环紧扣，逻辑性极强。

卷四　谁在西楼上，浅吟低唱

黑夜，是独处的世界，它属于自我，属于灵魂。这也是为何古往今来的诗词歌赋总是酝酿于夜晚。

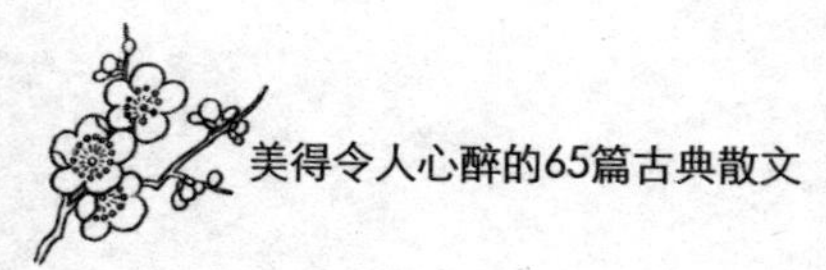

此是他自救的唯一生路

司马迁《报任少卿书》（节选）

古者富贵而名摩灭，不可胜记，唯倜傥非常之人称焉。盖文王拘而演《周易》；仲尼厄而作《春秋》；屈原放逐，乃赋《离骚》；左丘失明，厥有《国语》；孙子膑脚，兵法修列；不韦[①]迁蜀，世传《吕览》[②]；韩非[③]囚秦，《说难》《孤愤》；《诗》三百篇，大抵圣贤发愤之所为作也。此人皆意有所郁结，不得通其道，故述往事，思来者。乃如左丘无目，孙子断足，终不可用，退而论书策以舒其愤，思垂空文以自见。仆窃不逊，近自托于无能之辞，网罗天下放失旧闻，略考其行事，综其终始，稽其成败兴坏之纪，上计轩辕，下至于兹，为十表，本纪十二，书八章，世家三十，列传七十，凡百三十篇，亦欲以究天人之际，通古今之变，成一家之言。草创未就，会遭此祸，惜其不成，是以就极刑而无愠色。仆诚以著此书，藏诸名山，传之其人通邑大都，则仆偿前辱之责，虽万被戮，岂有悔哉！然此可为智者道，难为俗人言也。

【注释】

①不韦：吕不韦，战国末年商人，秦庄襄王丞相。秦王嬴政即位，尊为相国，后因罪免职，被迁往蜀地，自杀。

②《吕览》：吕不韦的门客集体撰写的《吕氏春秋》。

③韩非：战国时期韩国的公子，曾屡次以书谏韩王，韩王不用。其作《说难》《孤愤》（《韩非子》书中的两个篇名）等传到秦国，秦王赞赏。秦因此急攻韩国，韩国即派韩非出使秦国。后被李斯陷害，死于狱中。

司马迁的这篇《报任少卿书》以磅礴的感情、奔放的思想、雄浑的气势，自问世以来，便饱受好评。宋人真德秀评为："跌宕奇伟。"明人林云铭赞曰："通篇淋漓悲壮，如泣如诉，自始至终，似一气呵成。"及至清人方苞更是毫不掩饰对其褒誉："如山之出云，如水之赴壑，千态万状，变化于自然，由其气之盛也。后来惟韩退之《答孟尚书书》类此。"

后人点评如何，早已与他无分毫关系。他作文不过是表其心志，给满腹心事寻个宣泄的出口。

平静、圆润、达观，是面对琐碎的生活时，该有的姿态，但艺术却恰恰相反。真正震颤人心的艺术，总是与跌宕起伏的命运有关，与至死不渝的执念紧紧相连。自古至今，谁不是在走上险峻陡峭的绝壁时，才能听到来自心灵山谷的回声，在生与死的交界处感受到人生的脉搏。

周文王被拘禁后推演出《周易》六十四卦，孔子周游列国著成了《春秋》，屈原被放逐荒蛮之地后创作出了《离骚》，左丘失明后方才写下了《国语》，孙子被削足后编纂了《兵法》，吕不韦被贬谪到蜀地挥洒出了《吕氏春秋》，韩非子被秦国囚禁写下了《说难》《孤愤》，以及三百篇《诗经》皆是圣贤为抒发忧愤而创作出来的。

富贵容易磨灭，若要被后人永远铭记，则要以走上万劫不

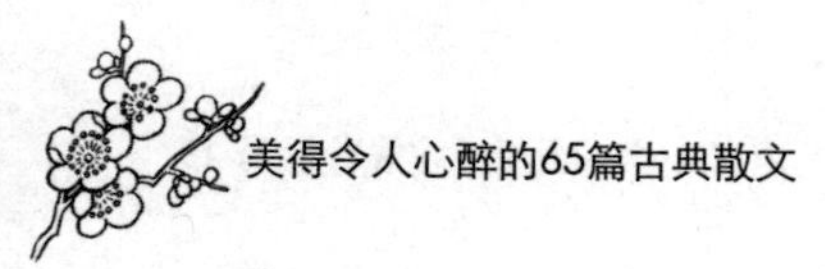

复的道路，承担逼仄的命运为代偿。

司马迁又何尝不是这般？他选择了在比死亡更令人痛楚的耻辱中苟活，只为写明历史的真相，发出卓越生命的真声。于是他收集记载散佚的旧说遗闻，考证其中的事件，推穷历史上兴衰成败的道理。自轩辕黄帝始，迄当今为止，写表十篇，本纪十二篇，书八篇，世家三十篇，列传七十篇，共一百三十篇。立志要把《史记》写成能够“究天人之际，通古今之变，成一家之言”的著作，此是他自救的唯一生路，亦是他心底的呐喊。

鲁迅对史记这般评价：“史家之绝唱，无韵之离骚。”选择需要勇气，承担后果亦如此。司马迁忍辱苟活，并不是贪生，而是以非人的意志，扛起命运安排的重任，交出这份漂亮的人生答卷。

至此，人生无悔。

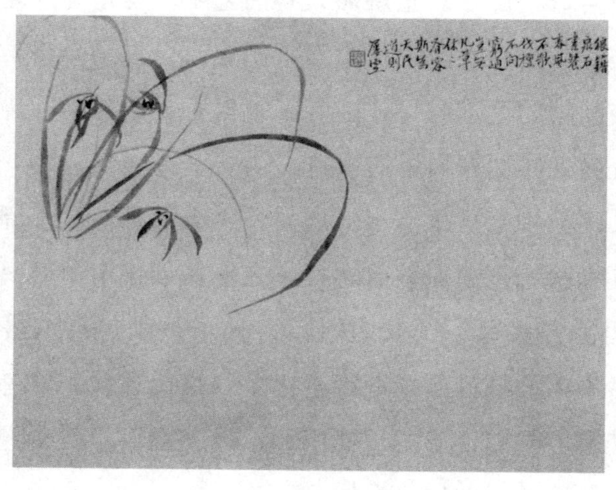

使后人解今人情怀

王羲之《兰亭集》序

永和九年，岁在癸丑。暮春之初，会于会稽山阴之兰亭，修禊[①]事也。群贤毕至，少长咸集。此地有崇山峻岭，茂林修竹；又有清流激湍，映带左右，引以为流觞曲水，列坐其次。虽无丝竹管弦之盛，一觞一咏，亦足以畅叙幽情。是日也，天朗气清，惠风和畅。仰观宇宙之大，俯察品类之盛，所以游目骋怀，足以极视听之娱，信可乐也。

夫人之相与，俯仰一世。或取诸怀抱，悟言一室之内；或因寄所托，放浪形骸之外。虽趣舍[②]万殊，静躁不同，当其欣于所遇，暂得于己，快然自足，不知老之将至。及其所之既倦，情随事迁，感慨系之矣。向之所欣，俯仰之间，已为陈迹，犹不能不以之兴怀；况修短随化，终期于尽？古人云："死生亦大矣[③]"，岂不痛哉？每览昔人兴感之由，若合一契[④]，未尝不临文嗟悼，不能喻之于怀。固知"一死生"为虚诞，"齐彭殇"[⑤]为妄作。后之视今，亦犹今之视昔，悲夫！故列叙时人，录其所述。虽世殊事异，所以兴怀，其致一也。后之览者，亦将有感于斯文。

【注释】

①修禊：一种古代的民间风俗，指为了驱赶厄运，在农

历三月上旬的巳日前往水滨游浴采兰。曹魏之后固定在三月三日。又有曲水流觞之饮，指用羽觞盛酒并放置在溪水里，觞接触到对岸停下来时，坐在附近的人便将觞取出饮酒。

②趣舍：趣，同“趋”。趋舍，同“取舍”。

③死生亦大矣：出自《庄子·德充符》：“仲尼曰：‘死生亦大矣，而不得与之变。’”

④契：用竹、木等做成的符契，刻有文字，剖成两半，双方各执一半作为凭证，古人用作凭信之物。

⑤一死生，齐彭殇：出自《庄子》之《大宗师》及《齐物论》篇。庄子认为人生前死后都存于所谓的“大块”之中，生与死实质上是一样的。而殇子与长寿的彭祖相比，没有区别。

如果《兰亭集》本身有生命的话，一定会深深地嫉妒，为什么王羲之为它所做的序竟在历史上留下比它更华丽的倩影。绝佳的文笔是这篇序享誉的原因之一，但更重要的是他出自王羲之手中的鼠须笔，龙飞凤舞、意兴翻腾的字迹，一气呵成的笔法，无不显现书法大家的风范。据说唐太宗拿到这篇书法珍品时爱不释手，装裱之后即挂在床头，每日观赏，临死前还将这世上绝无仅有王氏真迹随他一起进了坟墓，至此《兰亭集序》的墨宝失传。

兰亭停驻了很多文人的回忆，王羲之的那一次最为深刻。所以他写下了上面这篇序记载当时聚会的情景。

永和九年（353）三月三日的上巳节，王羲之与一干好友到会稽山的兰亭沐浴山岚，行褉之礼、饮酒赋诗。其中包括当时极负盛名的孙绰和谢安等人，王羲之主动承担了负责记载和整理诗歌之人。

兰亭之地群山掩映、清流映带，就像山水画一样，无色中更有意蕴，简单中更有旨趣，经过王羲之笔墨的点染，山水更带有几分空灵清雅的美。彼时“天朗气清，惠风和畅”，群贤在兰亭集会中流觞赋诗。在这番良辰美景中，抒发幽雅之情怀，“游目骋怀”，即便耳边没有天籁之音，能够和在座诸位一起畅言无忌，举杯高歌，已是人生乐事一件。

王羲之抚掌微笑，感受着微醺的滋味，不禁在喧闹中生出了对生命深意的感叹。

有的人喜欢清谈，有的人则寄情于山水之间。然而这一“静”一“躁”不管是哪一种，当遇到自己喜欢的事物时，都是短时间内感到“快然自足”，浑然不知“老之将至”；但当倦怠之时，因事物变化而心境发生变化时，感慨便会油然而生：以往令自己欢欣的事物已经不再具备鼓舞功效，退化为历史的陈迹，而自身这时才如同从梦境中蓦然醒来一般，发现生命已经快到尽头。

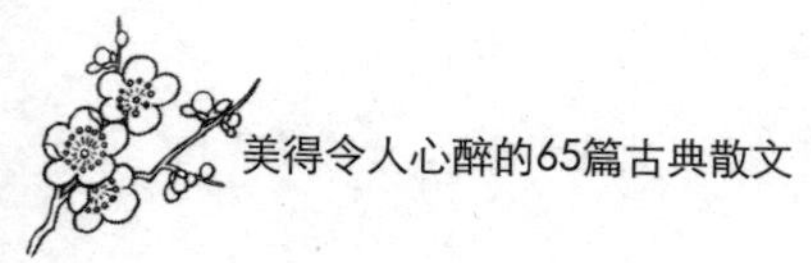

莫名的悲怆袭上王羲之心头，想到每次看前人的文章里大谈生死，总不免要唏嘘一番，弄不明白个中道理。此前他认为古人把生死混为一谈，把长寿与夭折等量，根本就是荒谬的论断。正因人生有期，人事无常，故而古往今来文人雅士都在感叹、悲伤，如若生死真的一样，那又何必如此悲伤？后人看今人就如今人看古人一般，总会有一致的情怀，想必今人的诗作也会在后人心中引起共鸣吧。故而他谨将集会诗作辑录为《兰亭集》，使后人也能够了解今人的情怀。

生死、隐达是生活中无法被遗忘的东西，在《兰亭集序》里，王羲之把聚会的乐事、每个人的情态和思想的波动都记录在案，让它去引发人们的思考，亦把人生存在的意义传达给了后人。两晋时期盛行骈俪辞藻，而王羲之的这篇文章，却文不加藻饰，大有洗尽铅华呈素姿之意，不失为一篇与众不同的佳作。

盈虚有数，命运无法扭转

王勃《秋日登洪府滕王阁饯别序》（节选）

时维九月，序属三秋；潦水尽而寒潭清，烟光凝而暮山紫。俨骖騑[①]于上路，访风景于崇阿。临帝子之长洲，得天人之旧馆。层台耸翠，上出重霄；飞阁翔丹，下临无地[②]。鹤汀凫渚，穷岛屿之萦回；桂殿兰宫，即冈峦之体势。披绣闼，俯雕甍[③]：山原旷其盈视，川泽纡其骇瞩。闾阎扑地，钟鸣鼎食之家；舸舰迷津，青雀黄龙之轴。云销雨霁，彩彻区明。落霞与孤鹜齐飞，秋水共长天一色。渔舟唱晚，响穷彭蠡[④]之滨；雁阵惊寒，声断衡阳[⑤]之浦。

遥襟甫畅，逸兴遄飞。爽籁发而清风生，纤歌凝而白云遏。睢园绿竹，气凌彭泽之樽；邺水朱华，光照临川之笔。四美具，二难并。穷睇眄[⑥]于中天[⑦]，极娱游于暇日。天高地迥，觉宇宙[⑧]之无穷；兴尽悲来，识盈虚之有数。望长安于日下，目吴会于云间。地势极而南溟深，天柱高而北辰远。关山难越，谁悲失路之人；沟水相逢，尽是他乡之客。怀帝阍[⑨]而不见，奉宣室以何年？

【注释】

①骖騑（cān fēi）：驾车的马匹。

②无地：意指看不见地面，形容位置高渺。

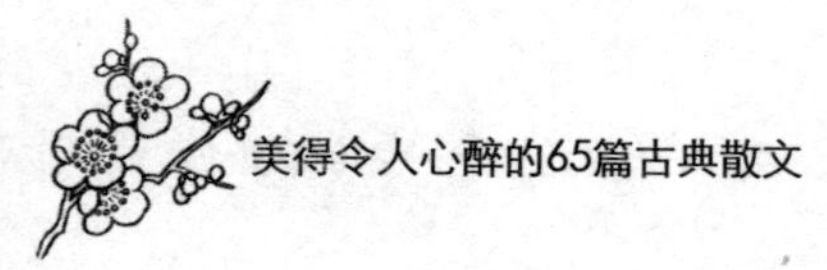

③雕甍（méng）：雕镂文采的殿亭屋脊。

④彭蠡：古大泽名。即今鄱阳湖。

⑤衡阳：今属湖南省，相传雁飞到衡阳就不再南飞，等到春天才归，衡山有回雁峰。

⑥穷睇眄：极目远望。

⑦中天：长天。

⑧宇宙：《淮南子·原道训》高诱注："四方上下曰'宇'，古往今来曰'宙'，以喻天地。"

⑨帝阍（hūn）：天帝的守门人。屈原《离骚》："吾令帝阍开关兮，倚阊阖而望予。"此处借指皇帝的宫门。

为"初唐四杰"之一的王勃，十四岁便登科做官，却因恃才傲物、放荡不羁而被当时社会所不容。人生的好风光一瞬即逝，他的繁华光景也一晃而过。自此，坦途对他而言，不过是镜中鲜花，只可观赏，无法采撷。

在历经挫折之后，王勃心性有了改变：对于名利，他不再执着；对于人生，他有了更多的理解。此番整理心绪之后，他出门远游，去交趾看望受他牵连而被贬南海的父亲。行至南昌，适逢阎都督九九重阳为滕王阁重修竣工盛宴而被邀入席。酒兴正酣，阎都督请各位嘉宾行文赋诗以纪欢宴之盛况，王勃在席间吟咏的《滕王阁序》，实为滕王阁添了不少文采风流。

王勃以如椽大笔，由近及远，从壮丽的阁楼到秀丽的山川，浓墨重彩地描绘了滕王阁之秋，展开了一幅流光溢彩、错落有致、上下浑然天成、虚实相映成趣的滕王阁三秋图。在此楼中，积水消尽后寒潭显出一片清澈，傍晚时分，淡淡的云烟凝聚着重重的暮霭，水天之间呈现出一片盈盈的紫光。

而后词人带着我们驾着马车在高高的山路上，在崇山峻岭里遍访秋日风景。来到昔日弟子居住的长洲，找到仙人修养过的宫殿。此地层层楼台高耸在青翠的山峰上，仿佛直冲云霄；凌空的飞檐丹辉欲流，好似直插大地。白鹤野鸭在萦回的小岛上畅游，洒满兰桂花香的宫殿掩映在起伏在山峦之中，使滕王阁犹如众星捧月一般，显出恢宏的气势。

打开绣花的阁门来俯视雕梁画栋的屋脊，远阔的山川平原尽收眼底，近处的江河之水蜿蜒曲折令人惊奇。楼宇巷陌中尽是富贵人家；舸舰泊满渡口，都是装饰精美的雀舫龙舟。

最是“落霞与孤鹜齐飞，秋水共长天一色”一句最为人称道。相传在王勃作序之前，阎都督早让女婿孟学士准备好了一篇序文，在宴会上背诵，只是礼貌性地邀请在座宾客为滕王阁作序，而王勃年少轻狂，不谙此道便不曾推辞，满座皆愕然。阎都督自然生气，但还是和众宾客登临远望，只命手下小吏随时传报王勃所写内容。当听到第一句“豫章故郡，洪都新府”，认为毫无新意，实属老生常谈，等听到“星分翼轸，地接衡庐”便默不作声，“落霞与孤鹜齐飞，秋水共长天一色”这句一出，连阎都督也不禁拍手称道：“此真天才，当垂不朽矣。”

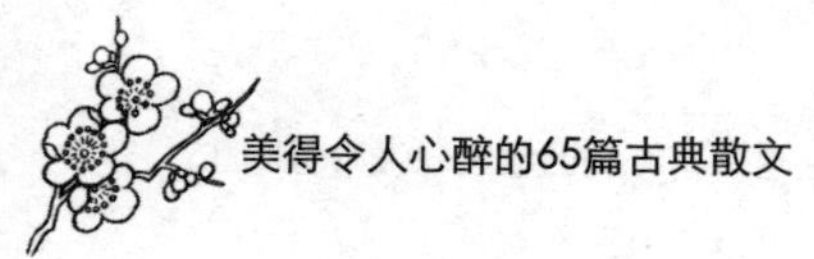

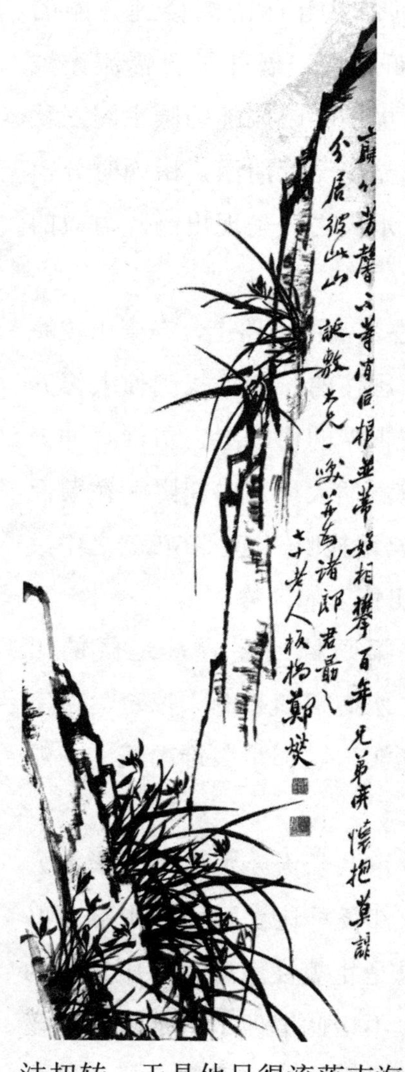

登临逸兴，难免会兴尽悲来。即便此时宴会上宾主尽欢，丝竹管弦不绝于耳，轻歌曼舞赏心悦目，座中之人杯中豪情与笔下才华，皆可与陶渊明、谢灵运比肩，良辰美景与共，赏心乐事具备，宾主难得相聚，极目远望，尽情地欢娱。然而，一切繁华终会落幕，唯有青山万古长存。回望长安犹在夕阳下，吴会却如在云海间。大地有穷尽，而南海深不可测，擎天之柱不可攀，北斗星辰遥远。关山难越，谁来为失意人悲痛？萍水相逢，都是异乡漂泊之人。满怀抱负，王宫何时能见？皇帝的召见，又要等到何年？

王勃壮志难酬，故而会由宇宙的无限与长久，遥想到人生的有限与短暂。盈虚有数，命运无法扭转，于是他只得流落南海之滨，无力跻身于黄金铺地、玉石为阶的仕途。

或许是天妒英才，这次盛会之后，王勃继续南下，却在一场风浪中亡命，享年二十七岁。生如夏花般绚烂，可惜花期太过短暂。人世无常，莫过于此。

有景可赏，有人相伴

王维《山中与裴秀才迪书》（节选）

北涉玄灞[①]，清月映郭。夜登华子冈，辋水沦涟，与月上下。寒山远火，明灭林外。深巷寒犬，吠声如豹。村墟夜舂，复与疏钟相间。此时独坐，僮仆静默，多思曩[②]昔携手赋诗，步仄径，临清流也。

【注释】

①玄灞：深青色的灞水，辋水在蓝田县从南北流入灞。

②曩（nǎng）：从前。

黑夜，是一种包容。于黑夜中，世人可以卸下白日的武装，脱下防备的战袍，将所有的隐匿于心底的狼狈，倾倒给无垠无底的黑夜。畏于权贵，大庭广众处不敢言的愤懑，可以在夜中借着红烛的一星光亮，写于纸上；碍于情面，繁华街市处不愿承认的失落，可以在夜中就着凹枕的柔软，放声哭泣；因了羞赧，车水马龙处不愿启齿的儿女私情，亦可以在夜中蘸着透过窗棂的一瓢月光，深深相思。

黑夜，是独处的世界，它属于自我，属于灵魂。这也是为何古往今来的诗词歌赋总是酝酿于夜晚。王维这首《山中与裴秀才迪书》亦如此。

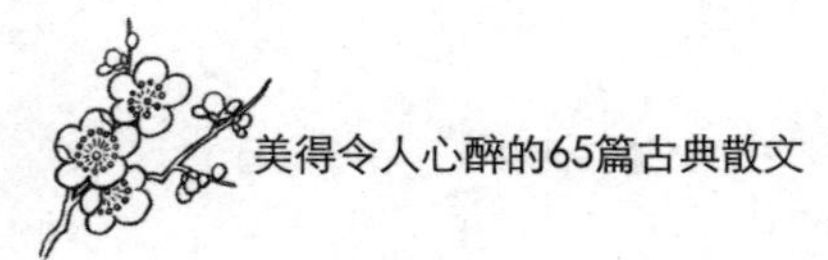

他是个善于在诗中藏画的诗人，就连散文也像是一首诗典雅精致的小诗，有如水的画面，亦有浓淡相宜的情愫。故而言及独坐于月下寒夜时，昨日“与裴迪游其中，赋诗相酬为乐”的情景，则如从湖中幽幽升起的月亮一般，渐渐将黑夜照亮。

或许，他与裴迪“与裴迪游其中，赋诗相酬为乐”时，亦是这样一个月华如水的夜晚。不是每个人都能感受到华子冈的美，唯有心静、纯粹、不务俗世的人，方能在这一片天水共色的景致中，寻得其中深趣。

此地每至夜晚时分，皎洁似雪的月华洒在湖面上，微风拂过，则荡漾起层层波澜。山林深处，零零星星地亮着几许灯火。有了灯火，便有了人家，有了人情。深深的巷子里不时传出几声狗吠，村中舂米之声，与庙宇稀疏的钟声相互交错。

这番景致幽寂、清寥、深远，像是一幅画在纸上的水墨画。此景只应天上有，人间难得几回赏。此时的月夜之景，独属于“天机清妙”者王维，也属于有关他与裴迪的回忆。王维官场生活的浮光掠影中，逃脱出来，寻到了一片与心灵相契合的天地。

虽然他在自然中与万物相合，但如若少了志趣相投之人，亦会感到落寞。恰在此时，裴迪出现了，他像是另一个王维，性情高雅，谈吐不俗。两人相交后，多次写诗文互赠，所谓惺惺相惜，便是这般情景吧。

虽然裴迪之作无论是数量还是质量上，都无法与王维诗文相提并论，但日本学者入谷仙介说得好：“裴迪诗与王维诗的关系，我想可以比喻为纺织品花样和面料。花样和面料与其用毫无关系的色调，不如用同一色调的浓淡两色、或者强烈和不显眼的两种色彩配合，更来得和谐。”和谐即是知音最高的标准，高山与流水、春泥与落花，亦是不能相比，但她们却是最为适宜的组合。

今夜王维独游华子冈，自然而然想到了往昔与裴迪“携手”同游，吟歌赋诗，漫步于小径间，伫立于清流旁之景。

不知写在宣纸上的澄明景致，以及缭绕在心间的浓厚想念，经鸿雁传递到友人手中时，裴迪是怎样的心情。或许，他也会独坐于寒夜中，回想那些有诗可作，有景可赏，有人相伴的日子。

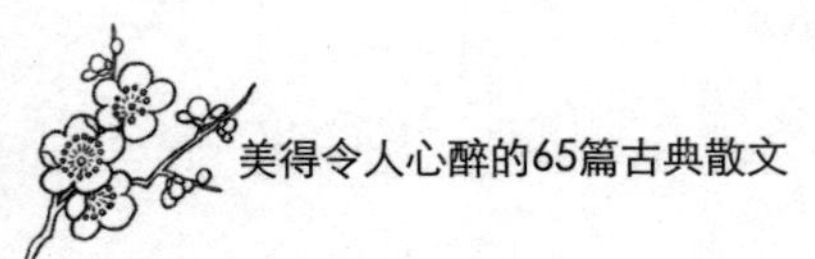

人情美是致命的诱惑

欧阳修《醉翁亭记》

环滁[①]皆山也。其西南诸峰，林壑尤美，望之蔚然而深秀者，琅邪[②]也。山行六七里，渐闻水声潺潺，而泻出于两峰之间者，酿泉也。峰回路转，有亭翼然临于泉上者，醉翁亭也。作亭者谁？山之僧智仙也。名之者谁？太守自谓也。太守与客来饮于此，饮少辄醉，而年又最高，故自号曰醉翁也。醉翁之意不在酒，在乎山水之间也。山水之乐，得之心而寓之酒也。

若夫日出而林霏[③]开，云归而岩穴暝[④]，晦明变化者，山间之朝暮也。野芳发而幽香，佳木秀而繁阴，风霜高洁，水落而石出者，山间之四时也。朝而往，暮而归，四时之景不同，而乐亦无穷也。

至于负者歌于途，行者休于树，前者呼，后者应，伛偻[⑤]提携，往来而不绝者，滁人游也。临溪而渔，溪深而鱼肥；酿泉为酒，泉香而酒洌；山肴野蔌[⑥]，杂然而前陈者，太守宴也。宴酣之乐，非丝非竹；射[⑦]者中，弈者胜，觥筹交错，起坐而喧哗者，众宾欢也。苍颜白发，颓然乎其间者，太守醉也。

已而夕阳在山，人影散乱，太守归而宾客从也。树林阴翳[⑧]，鸣声上下，游人去而禽鸟乐也。然而禽鸟知山林之乐，而不知人之乐；人知从太守游而乐，而不知太守之乐其乐也。醉能同其乐，醒能述以文者，太守也。太守谓谁？庐陵欧阳修也。

【注释】

①滁：指滁州，今天的安徽省滁州市。

②琅邪（láng yá）：山名，在今安徽省滁州市西南十里。

③霏：雾。

④暝：昏暗。

⑤伛偻（yǔ lǚ）：背微驼，特指老年人。提携：搀着走，特指小孩。

⑥山肴野蔌（sù）：野味。

⑦射：投壶，古人饮宴时会玩的游戏，将箭矢投入壶中，以投中多少决胜负，败者罚酒。

⑧翳（yì）：遮蔽。

古来文人墨客无不嗜酒，诗歌、女人、酒，唯真潇洒自风流。没有观众、没有掌声，没有登台与谢幕，只需要一杯酒，一切便都浑然于天地，婉转于苍穹。一杯清酒，让飞扬的青春更加浪漫；一杯烈酒，让灼热的胸怀更加激荡。英雄的壮烈与惆怅，都化作清酒、美酒，陶醉了人心，也就酿造了诗情。

欣悦时需要酒，寂寞时更离不开酒。或是对玫瑰色幸福的眷恋，或是对冷酷现实的躲避，只要沾了一滴酒，便添了三分浪漫调子。这醺醺然的醉，也就借着清烈皆宜的酒，晕染出了程度很深的痴迷。欧阳修也是爱酒的，这爱的程度丝毫不逊色任何一个古人。尤其是在被贬之地滁州，他更是常常“饮少辄醉”，获得了“醉翁”这一称号。

只是这醉，并不完全由香且冽的酒而起。

滁州风景如此美好，四面皆山，青山重叠环绕。城西南

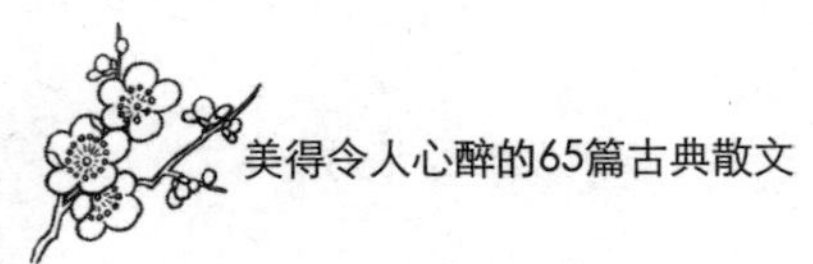

的各个山峦、林莽和谷地参差，特别的秀美；远远望向那树木最繁茂、景色最幽深的地方，就是琅琊山；在山中走上六七里，就能听到潺潺的水响，两山之间倏缓流下的，就是酿泉；峰回路转之际，一个如鸟翼般翘起飞檐的亭子在泉流边倏然出现，这就是醉翁亭。一路走，好风光一路相随，这焉得不让欧阳修沉醉。

此地景致朝暮变幻：晨曦之时清晰而明快，傍晚之时深幽而迷蒙。四季渐次轮回：野花四处开放，散发出清幽的芳香，这是春融；树叶滋长林木繁茂，一派葱郁浓阴，这是夏热；风清气爽，霜色洁白，这是秋肃；溪水浅淡低落，山石裸露凸显，这是冬凉。欧阳修每日“朝而往，暮而归”，自然是其乐无穷。沉醉，亦缘于此。

风景美，已让人流连忘返，人情美更是致命的诱惑。背着东西在路上唱歌的，走累了在树下休息的，前面呼唤后面答应的，老人孩童往来不绝的，是滁州人到山里来游玩；溪水边捕鱼，水深而鱼肥，酿泉水做酒，泉香而酒洌，野味山菜，横竖错杂地摆列，是太守本人请客人喝酒呢；酒畅宴酣之间，投壶的投中了，下棋的得胜了，输家被罚，杯筹交错，站立的，坐着的，大声喧闹着，那是大家在尽情欢乐。而他自己呢，苍颜白发，醉醺醺地坐在众人中间。这一次醉，是为此地人情的淳朴、自然。

最终，日落西山，游人散去，禽鸟获得自由。欧阳修也从沉醉中，渐渐地苏醒过来，而后作下这篇“诗化的散文”。

于欧阳修而言，酒不过是醉的媒介，滁州的山水、人情，才是让他沉醉的源泉。那些被贬的愤懑、悲伤、郁结，早已被巍峨青山、清洌泉水、醇美人情稀释。于此地，他找到了通往生命幽深之地的另一条途径——纵情山水、与民同乐。

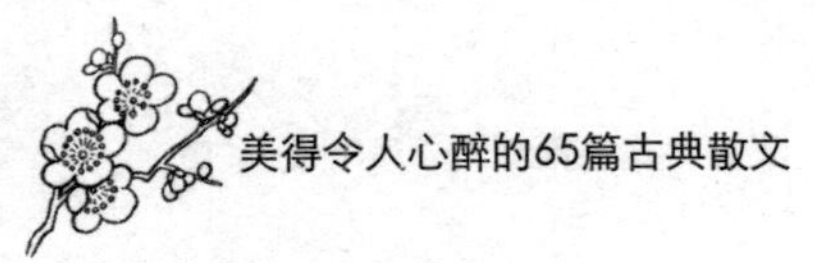

轻身如不系之舟

苏轼《记承天寺夜游》

元丰六年十月十二日，夜，解衣欲睡，月色入户，欣然起行。念无与为乐者，遂至承天寺寻张怀民。怀民亦未寝，相与步于中庭。庭下如积水空明①，水中藻荇②交横，盖竹柏影也。何夜无月？何处无竹柏？但少闲人如吾两人者耳！

【注释】

①空明：清澈见底，透明光洁。

②藻荇：都是水生植物。

在那场后来被称为“乌台诗案”的文字狱中，李定、舒亶等新党御史摘取苏轼一封谢恩表和众多诗词中的语句，以诽谤新政的罪名逮捕了苏轼。他一贯反对新法，但此时新党炙手可热，原来的反对派都已退居各地、默不作声，唯有苏轼仍然不时发出反对之声，屡屡在诗文中对所见新法弊端表达不满。众人装睡，一人独醒，醒着便是罪过。

他经历了审问的折磨并与死神擦肩而过，最终被从轻发落。当年十二月获释出狱，翌年春至黄州贬为团练副使，做着有职无权俸禄微薄的闲职。这之前的苏轼，就像一只啁鸣不已的黄鹂，动听的歌喉为它引来无数赞赏，也无形中招来嫉妒和愤恨。哗啦一声电闪雷鸣，暴风雨洗刷出这世界原本的残酷面目。等待命运判决时的无助和风吹雨淋的切肤之痛，终于让它懂得了隐藏和沉默才是求全之道。

刚来黄州时，苏轼在漏已断、人已静的夜晚，独自在月下树影里徘徊，写下“拣尽寒枝不肯栖，寂寞沙洲冷”。在虽然寂寞但在远离喧嚣的环境中待得久了，心反而会变得澄明。况且苏轼是达观豁然之人，即便被放逐在寸草不生的荒漠中，也会长成一株坚韧的仙人掌。

几年之后，他已是另一番心境。纵然在无眠的夜晚，他也不觉无聊，而是潇洒地“欣然起行”，去夜的深处寻找月光。心境使然，这首《记承天寺夜游》，隽雅、洒脱、诗意盎然，就好像眼前有一条溪水涓涓淌过卵石，弹出一支清新的曲子。

团练副使为闲职，因此苏轼并无公事缠身，寒夜寂寥便“解衣欲睡”，但睡也难眠。无眠将眠之际，清凉孤寂的月光轻怜软惜地进入了门户。偌大世间唯有爱与美景不可辜负，如此良宵美月，定然要游赏一番，好好寻一寻乐趣。然

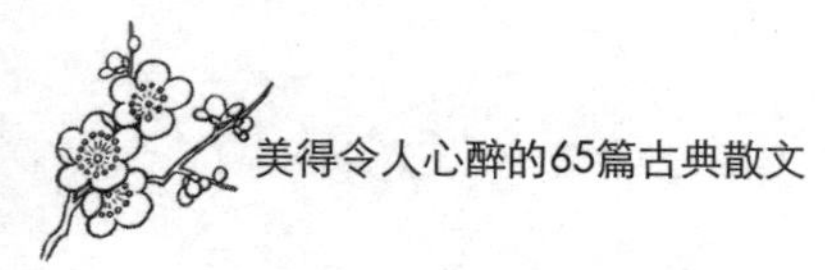

而一个人欣赏也算得上对锦瑟风景的浪费，唯有与志同道合之人共同行乐方才尽兴。于是苏轼“遂至承天寺寻张怀民，怀民亦未寝，相与步于中庭”。

张怀民与苏轼一样，皆是被贬到黄州之人。到达黄州后，暂寄居在承天寺。两个人同病相怜，惺惺相惜，气味便也相投。两人漫步悠游于夜中，看到幽明的月光洒在庭中如一潭深澈幽深的积水，竹柏的影子婆娑地洒落在地上，好似潭水中纵横交错的水草。“积水空明”写月光铺洒，犹如天赐一幅画纸；“藻荇交横”如上界真仙拿着画笔在纸上绘画出青竹翠柏，纵横交错，清丽淡雅，摇曳多姿，为人类缔造了一个冰清玉洁的世界。

黄州的艰苦丝毫无损苏轼的高洁，只是把他的生命与诗文推向了另一个轨道——自得、淡泊、乐观，即使没有修辞技巧上的修饬，亦洞彻人心。

晚秋之夜赏月，凉薄冽寒尚且阻不住突来的兴致，于清凄之中发现奇幻的景致，欣欣然大慰，若没有宽阔的胸襟是无法达到如此境界的。他一世坎坷，被他淡淡嘲作一句“问汝平生功业，黄州惠州儋州”。所幸，苏子放达，轻身如不系之舟，他学会与苦难安然相处，用心铭记流离中的每一道风景。

旅行的意义

徐宏祖《游黄山日记（后）》（节选）

时夫仆俱阻险行后，余亦停弗上。乃一路奇景，不觉引余独往。既登峰头，一庵翼然[①]，为文殊院[②]，亦余昔年欲登未登者。左天都，右莲花，背倚玉屏风。两峰秀色，俱可手揽。四顾奇峰错列，众壑纵横，真黄山绝胜处。非再至，焉知其奇若此！遇游僧澄源至，兴甚勇。时已过午，奴辈适至，立庵前，指点两峰。庵僧谓天都虽近而无路，莲花可登而路遥，只宜近盼天都，明日登莲顶。余不从，决意游天都。挟[③]澄源、奴子，仍下峡路。至天都侧，从流石[④]蛇行而上，攀草牵棘，石块丛起则历[⑤]块，石崖侧削则援崖，每至手足无可着处，澄源必先登垂接。每念上既如此，下何以堪？终亦不顾。历险数次，遂达峰顶。惟一石顶，壁起犹数十丈，澄源寻视其侧，得级，挟余以登。万峰无不下伏，独莲花与抗耳。时浓雾半作半止，每一阵至，则对面不见，眺莲花诸峰，多在雾中。独上天都，予至其前，则雾徙于后；予越其右，则雾出于左。其松犹有曲挺纵横者，柏虽大干如臂，无不平贴石上，如苔藓然。山高风巨，雾气去来无定，下盼诸峰，时出为碧峤[⑥]，时没为银海。再眺山下，则日光晶晶，别一区宇也。日渐暮，遂前[⑦]其足，手向后据地，坐而下脱。至险绝处，澄源并肩手相接。度险下至山坳，暝色已合，复从峡度栈[⑧]以上，止[⑨]文殊院。

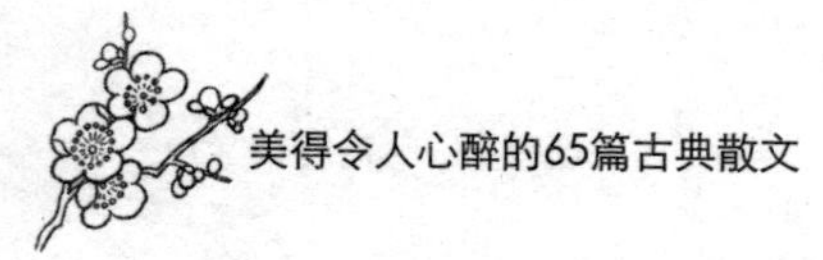

【注释】

①翼然：像鸟张开翅膀一样。

②文殊院：寺庙名称。

③挟：夹持，扶持。

④流石：流动山石。

⑤历：经过。

⑥峤：尖峭的山。

⑦前：用作动词，伸。

⑧栈：石梯，栈道。

⑨止：投宿。

徐宏祖即我国著名旅行家徐霞客，清代学者潘耒在《遂初堂集·徐霞客游记序》中这般赞赏他：“不避风雨，不惮虎狼，不计程期，不求伴侣，以性灵游，以躯命游，亘古以来，一人而已。”此言实在不假。他攀上峭壁悬崖，穿过险滩急流，山脉就是骨骼，河流就是血管，手中那叠厚厚的纸簿，书画着万里神州的经络。这位山水痴人，甚至无视功名，不事科举，决意要以赤子之心，拥抱自然。

山水因他而愈渐明朗，他因山水而侠义风发。人生几十载，一直在寻美探胜的路上。这一次他要在黄山之上，来一次华丽的冒险。

因有“一路奇景”的诱惑与引领，徐霞客便不顾阻拦，独自前行，来到了峰顶文殊院。在文殊院，他环顾四周，左右双峰并立，背后则是“玉屏”峰，真乃绝胜。他从来都是一个容易为美而折服的人，犹如涉世未深的孩童以好奇与天真打量这个世界。同时又有一股憨厚劲儿与痴迷劲儿，即便文殊院内的僧人云天都峰无路可上，可先行休息，然后再登莲花峰。可是他却“不从”，执意要游赏天都。

于是，作者和从人以及一位行游僧人澄源来到天都峰脚下，穿过乱石蛇行而上。乱草、荆棘、凸出的石块和峭壁，一切可以用来搭手的东西都为一行人所用。僧人澄源走在最前，遇到陡峭的地方他先上去后再拉后面的人上来。澄源时而哀叹，想到登顶如此困难，下来的时候岂不无路可走。徐霞客又何尝不是心知肚明，但念及不能半途而废，只得罔顾此种问题，决意向前。

终于登顶，但是遇到一个石块，高数十丈，澄源和作者二人拾级而上。此时黄山诸峰，除了莲花都在作者脚下。雾气弥漫，周围景色时隐时现。俯视群山，松柏依旧苍劲有力，株连纵横，赋予山峰绿意。大风时时吹起，使得雾气来去不定，群山时而露出真颜，时而隐于雾海。再看脚下，连太阳的光芒似乎都不及自己所处之高。徐霞客在天都峰顶席地而坐，

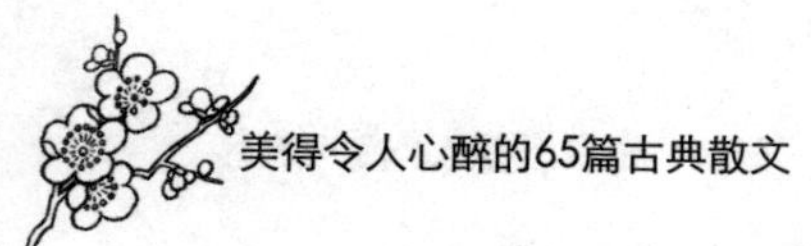

惬意地享受了“会当凌绝顶”的快感。随后寻路下山，又是一番艰难后回到了文殊院，终于算是了却了内心一桩憾事。

黄山景观纵然让人心驰神往，而真正的乐趣则在于探索发现前人未走过的路、未看过的景，这或许才是旅行的真谛。

卷五　生命路上，我们都是过客

那时的锦绣绫罗、笙歌艳舞、浓情深爱，皆化成一抔黄土，剩下的不过是从遥远之地传来的一声声叹息。

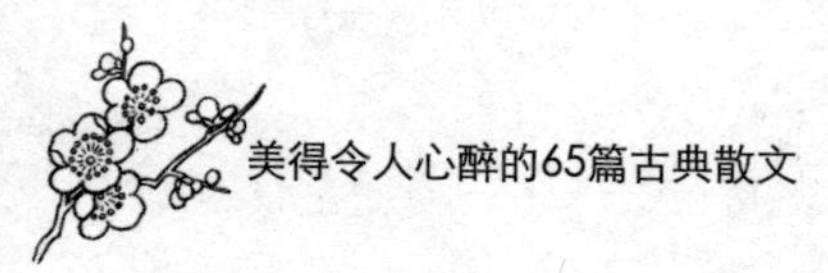

寂寞徘徊的帝王

曹丕《与吴质书》（节选）

年行已长大，所怀万端，时有所虑，至通夜不瞑。志意何时复类昔日？已成老翁，但未白头耳！光武言："年三十余，在兵中十岁，所更①非一。"吾德不及之，年与之齐矣。以犬羊之质，服虎豹之文；无众星之明，假日月之光，动见瞻观，何时易乎？恐永不复得为昔日游也。少壮真当努力，年一过往，何可攀援？古人思秉烛夜游，良②有以也。

【注释】

①更：经历。

②良：确实。

掌控着天下民生的帝王，纵然有千娇百媚陪伴左右，有文武大臣前呼后拥，仍是摆脱不了孤独的处境，而且这份孤独是渗到骨子里的。如若某个醒来的晨曦，猛得感受到岁月转瞬即逝，知音零落天涯，则更是茫茫然不知所措。

写《与吴质书》书时，曹丕已步入中年，继承父业。年轻之时与他相交甚密的"建安七子"纷纷离世，建安文学也如一杯放了很久的茶，渐转凉薄。繁华过尽、烟雨散尽时，无论君王抑或是黎民，皆会在时光的隧道中，成为进入墓穴中安静沉睡的古人。

拥有与失去常常以悖论矛盾之态存在。捧在手中时，从不知珍惜为何物；失去时，方才体味到那些当时只道是寻常之事，已随风而散，再不回来。萧伯纳曾说人生悲剧无非两种，一是得到，一是得不到。关于得不到的悲剧，想必多半人都体会过。而得到之后，幻想中的一切往往如露珠迷雾，经不起艳阳的考验，但这囊中之物又被命运收回时，又会重复失去的悲痛。

曹丕与“建安七子”，饮酒赋诗，行吟作乐，当时不以为意，一厢情愿地认为宴游时光会永恒，而年岁渐长，他才知晓“永恒”二字不过是麻醉剂药，当时沉醉其中不知今夕何夕，过后便渐渐清醒，明白一切皆是过眼烟云。即便如今亡友健在，怕也是“永不复得为昔日游”。

时光永远不会站在原地，停在原地的永远都是对旧时光执迷不悟之人。

曹丕对吴质说，近来他自己年长才退，德薄位尊，回到过去不过是痴人说梦，走向未来却又力不从心，故而焦虑不已，甚至要“秉烛夜游”。这种担忧焦虑，纵然有对死亡的恐惧，但更多的则是怕在有生之年，未能让梦想开出繁盛之花，未能让人生登上群山之巅。

这封写给好友吴质的信笺，通篇没有帝王的架子，反而处处是与朋友谈心的身份与姿态，是对时光涓涓而流的怀恋与不舍。清人沈德潜在《古诗源》中曾有云：“子桓诗有文士气，一变乃父悲壮之习。要其便娟婉约，能移人情。”曹丕在信中，谈友谊、念故人、恋时光，毫无刻意的雕琢，让人看到了一个褪去华彩丽服后寂寞徘徊的帝王。

尽显真隐士风范

刘伶《酒德颂》

有大人先生，以天地为一朝，万期[①]为须臾，日月为扃牖，八荒为庭衢。行无辙迹，居无室庐，幕天席地，纵意所如。止则操卮执觚，动则挈榼提壶[②]，唯酒是务，焉知其余；有贵介[③]公子，搢绅[④]处士，闻吾风声，议其所以。乃奋袂攘襟，怒目切齿，陈说礼法，是非锋起。先生于是方捧罂承槽[⑤]，衔杯漱醪[⑥]，奋髯踑踞[⑦]，枕麹藉糟[⑧]，无思无虑，其乐陶陶。兀然而醉，豁尔而醒。静听不闻雷霆之声，熟视不睹泰山之形。不觉寒暑之切肌，利欲之感情。俯观万物扰扰，焉如江汉之载浮萍。二豪[⑨]侍侧，焉如蜾蠃[⑩]之与螟蛉。

【注释】

①期（jī）：年，周年。

②卮、觚、榼（kē）、壶：都是古代用来装酒的器具。

③贵介：指尊贵，据《左传·襄公二十六年》载："夫子为王子围，寡君之贵介弟也。"

④搢（jìn）绅：古代用来指仕宦者，也作"缙绅"。

⑤捧罂承槽：意思是捧着瓮子去接酒。槽，古代的酿酒之器。

⑥衔杯漱醪（láo）：意思是举起杯子喝酒。醪，浊酒。

⑦奋髯踑踞：大人先生听到贵介公子、缙绅处士的陈说礼法之后，其对此说法鄙弃不屑的神情。踑踞，即箕踞，古时没有椅凳，便坐于席上，坐即是跪，行则用膝前行，不管坐或在席间行，都要以足向后为敬。倘若伸两足，则手据膝，其状若箕，被认为傲慢无礼之容。

⑧枕麹藉糟：喻指沉溺于酒。麹，即酒母，酿酒的发酵物。糟，指浑浊的酒。

⑨二豪：指贵介和处士。

⑩蜾蠃（guǒ luǒ）：是一种青色寄生细腰蜂，产卵于螟蛉幼虫体内，吸取其养分，蜾蠃后代即从螟蛉幼虫体内孵化而出，古人误认为螟蛉乃代养桑虫之子。此处指贵介和处士在听到大人先生的议论后，深受感化，正如蜾蠃变成螟蛉。

无法想象，如若没有酒，陶渊明是否还能安于田园归隐生活；以“草圣”著称的张旭，是否还会奋笔疾书，字迹如云卷云舒；“太平宰相”晏殊是否还能在有酒盈樽的宴席上，吟出“无可奈何花落去，似曾相识燕归来”。醉眼看这个喧嚣与寂静并存的人间，往往更能看到人间百态，亦真亦假，如梦如幻，仿佛如此才能在虚境之中找到些许生活的真实感受。

多数人醉在无底的酒杯中，不知今夕何夕，唯有刘伶一人在醉与醒的罅隙中，悟到了“酒德”。

刘伶为“竹林七贤”之一，纵然这七位放荡不羁的贤士，皆有饮趣，不过是借酒消愁的成分居多，而在刘伶却引以为乐趣，且将饮酒奉上之上乘，为其表彰。故而，在半醉半醒之际，他写下了这篇二百余字的《酒德颂》，本作自赏之用，却写成了亘古妙文，把喝酒升华到了一种玄奥的境界。

这位大人先生，把喝酒喝到一种超凡的境界。他把天地开辟作为一天，把万年作为须臾之间，以日月为门窗，以天地八荒作为庭衢。行走无迹，居无定所。以天为幕，以地为席，无论何时都沉湎于杯酒，放纵心意，随遇而安。到此等程度，该算得上是非常逍遥的人了。

这种生活状态和精神境界，又何尝不是刘伶心中真实的追求？即便有“贵介公子”无法忍受他“唯酒是务，焉知其余”的行为，他亦为此敛袖绾襟，张目怒视，咬牙切齿予以反驳：礼仪法度又算得了什么，真正的是非自有公道人心去安定。

故而，他依然衔杯痛饮，枕着酒槽入睡，无忧无虑，其乐陶陶。困了便睡，醒了便饮，什么四时寒暑、声色货利，都像脚下随波逐流的“江汉之载浮萍”，都如“蜾蠃之与螟蛉”，渺小得不值一提。全颂洋洋洒洒，尽是刘伶不羁的风度。

竹林七贤当中，嵇康、阮籍、山涛、向秀等人都才高八斗，名留青史，刘伶以喝酒成名，以一篇《酒德颂》传世，彰显他不落于人后的才气，尽显真隐士风范。他自知酒中趣，生忘形，死忘名，也正因如此刘伶得以躲避司马氏的屠刀，寿终正寝，在醉乡中享受属于自己的人生。

锦瑟年华有限

陶渊明《归去来兮辞》（节选）

归去来兮，田园将芜胡不归？既自以心为形役，奚惆怅而独悲！悟已往之不谏，知来者之可追。实迷途其未远，觉今是而昨非。舟遥遥以轻飏，风飘飘而吹衣。问征夫以前路，恨晨光之熹微。

乃瞻衡宇，载欣载奔。僮仆欢迎，稚子候门。三径就荒，松菊犹存。携幼入室，有酒盈樽。引壶觞以自酌，眄庭柯以怡颜。倚南窗以寄傲，审容膝之易安。园日涉以成趣，门虽设而常关。策扶老以流憩，时矫首而遐观。云无心以出岫，鸟倦飞而知还。景翳翳以将入，抚孤松而盘桓。

归去来兮，请息交以绝游！世与我而相违，复驾言兮焉求？悦亲戚之情话，乐琴书以消忧。农人告余以春及，将有事于西畴。或命巾车，或棹孤舟。既窈窕以寻壑，亦崎岖而经丘。木欣欣以向荣，泉涓涓而始流。善万物之得时，感吾生之行休。

已矣乎，寓形宇内复几时！曷不委心任去留，胡为乎遑遑兮欲何之？富贵非吾愿，帝乡不可期。怀良辰以孤往，或植杖而耘耔。登东皋以舒啸，临清流而赋诗。聊[①]乘化以归尽，乐乎天命复奚疑！

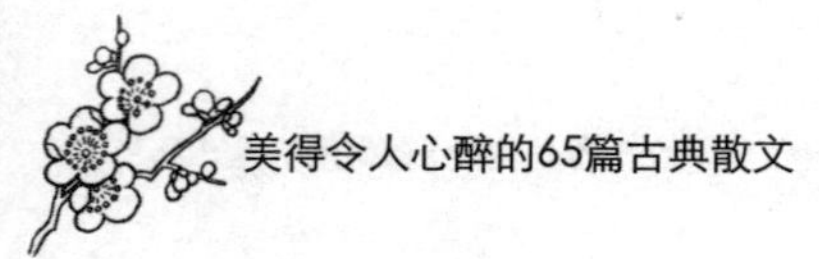

【注释】

①聊：暂时，姑且。

梁启超曾说陶渊明的人生观可用“自然”二字来概括。这份“自然”不是像身在山林而心存朝堂的假隐士一般，求取声名待价而沽，以获得求官的终南捷径，而是不问名利，只愿灵魂与身心不受枷锁的束缚。纵然在这条展现完美人格的“躬耕自姿”之路上，荆棘丛生，至少免去了在污秽泥潭中摸爬滚打、颠沛流离。

入仕为官是每个士大夫发愤图强的初衷，陶渊明亦是如此。他带着济世苍生的愿望踏入仕途，却为社会的现实所不容。刚直坦率的性情，不允许他为五斗米折腰，他唯有回到田园中，去过饮酒作诗、操琴采菊、植柳锄草的生活，守护心灵那片最初的清明与澄净。于是，他毅然辞去了只做了八十三天的彭泽令，永远地结束了他的出仕生涯。

在归去途中，他乘一叶扁舟，任清风拂过衣角。多数人丢了乌纱帽，皆是悲伤怨怒，哀叹世事不公，愤慨命运多舛，而陶渊明此时却犹如飘荡在江水上的小舟，快意而急切，似乎遥遥地听到了从家的方向传来的热烈呼喊：“归来吧，归来吧。”

此前他曾误入“迷途”，被浑浊的官场所羁绊，幸然他及时转身，才不至于沉溺在泥潭而无法自拔。彻悟了田园才是归宿后，他做出了彻底而洒脱的回应：“归去来兮！田园将芜胡不归？”站在小舟上，他恨不得即刻便回到家园，于是一遍又一遍地向征夫询问前路。

直到“乃瞻衡宇”后，心才算停泊下来，有了依靠。家人早已迎候门前，松菊依旧繁茂如初，美酒依然醇美似昨。钱锺书的《围城》道出了世人的生活状态，在城里的人想逃出来，在城外的人想冲进去。于是，在狭长逼仄的年月中，红尘滚滚，无一处不是喧嚣。其实，仔细想想，一堵不动的城墙，又怎能阻止人们到达想去的地方，不过是人心有了羁绊，脚步生了踌躇，才被自己囚禁在牢狱中。

陶渊明不慕名利，故而能在混沌的江湖中全身而退，在田园中饮酒自乐，傲然自得。回归自然，他的心灵与生活已与世俗隔绝。就连在园中散步，都是身与心的舒展与放松。拄杖或游或息，时时昂首远望，也只有高天阔地的大自然，才容得下他的傲岸。

悠游在如此舒适的环境中，自然会生发彻底与官场中人断了来往的念想。这般生活在常人看来未免有些单调寂寥，但他却乐在其中：晨昏

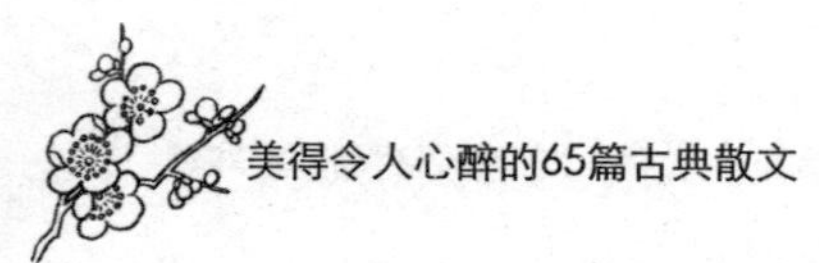

暮晓有亲人嘘寒问暖的“情话”；闲暇时可吟诗弹琴以稀释忧愁；春日迟迟时农家人会奔走相告，该去播种了。这并不是他闲适生活的全部，农作之余，他亦会驾车乘舟，深入山水，山道深幽，山路崎岖，皆使人兴致盎然。大自然充满了生机、韵律，令他欢欣鼓舞，也让他感慨不已。

锦瑟年华有限，世人该去做自己喜欢的事情，如此方才不会辜负自己的心意。在士风热衷官职、佛老盛行的东晋时代，陶渊明大胆地说出富贵功名非己之心愿，彼岸世界也不可信，此般境界不可谓不高明。

这篇“沛然如肺腑中流出”的作品，是他节操的宣言，亦是他追求的标杆。在两宋时代，《归去来兮辞》被人们再发现、再认识。欧阳修说：“晋无文章，唯陶渊明《归去来辞》而已。”宋庠说：“陶公《归来》是南北文章之绝唱。”朱熹说：“其词意夷旷萧散，虽托楚声，而无尤怨切蹙之病。”

如此看来，这番归去的言辞，得到了众家认可，而真正能做到的，也唯有陶公一人而已。

花月交映，杯盏交错

李白《春夜宴从弟桃花园序》

夫天地者，万物之逆旅[①]也；光阴者，百代之过客也。而浮生若梦，为欢几何？古人秉烛夜游，良有以也。况阳春召我以烟景，大块[②]假我以文章。会桃李之芳园，序天伦之乐事。群季俊秀，皆为惠连[③]；吾人咏歌，独惭康乐[④]。幽赏未已，高谈转清。开琼筵以坐花，飞羽觞而醉月。不有佳咏，何伸雅怀？如诗不成，罚依金谷酒数[⑤]。

【注释】

①逆旅：客舍。

②大块：大自然。

③惠连：南朝宋文学家谢惠连，和他的族兄谢灵运并称“大小谢”。

④康乐：南朝宋文学家谢灵运，谢玄孙，袭封康乐公。

⑤金谷酒数：晋石崇宴客洛阳金谷涧中，赋诗不成的人罚酒三觞。

明代的画家尤求曾画有一幅《春夜宴桃李园图》，图中描绘李白与其从弟，在春夜的桃李园设宴，斗酒赋诗之景。宴会中，桌上满是美酒佳肴。右边两位一人举杯，一人提壶，似在

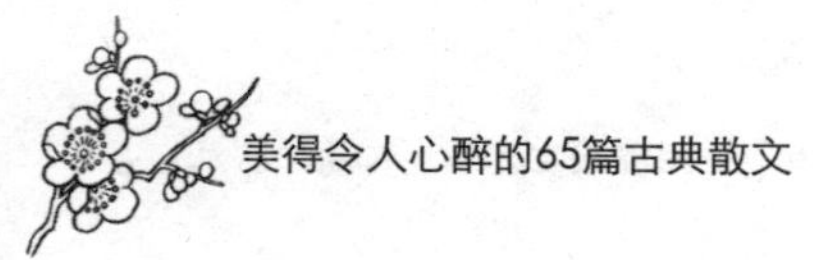

对饮；昨边一位则正举头赏着桃花、月色。良辰美景，人人皆深深地沉醉在春色、美酒、好诗的怀抱中。

这幅画并非凭空臆造，而是根据李白这篇《春夜宴从弟桃花园序》散文，泼染而来。这篇文章，之所以能被描摹出来，且画作色泽、人物神情、园中景色皆明艳丰饶、匀称饱满，自是画家功力使然，却也少不了李白散文本身荡漾着的诗情画意。

时光好似从湖泊中掬起来的一捧水，注定要从指尖漏空。人们于漫无边际的世间走一遭，不过是做了一场华美艳丽却短暂至极的梦。梦醒之后，一切将飞灰湮灭，归于岑寂。故而，人们赶在时间沙漏滴完之前，尽情游乐，不分昼夜，甚至夜晚也要秉烛夜游。

况且明媚的春日，如三月烟花，姹紫嫣红皆可开遍，草长柳浓燕纷飞。万木欣欣向荣，天地间水汽升腾，这般绚丽景致怎可浪费？大可将自然界中的森罗万象，看作是天地交出的一篇璀璨文章，这般流光溢彩的文辞岂能辜负？“阳春”用“烟景”召唤，“大块”把“文章”奉献，人生苦短，天地情多，更何况兄弟相聚，盛况空前，置身于其中的李白，又怎会无动于衷。

故而，他要在此芳园，“序天伦之乐事”。这次设宴不是送别，因此并没有柳永词中“执手相看泪眼”的悲伤场景；也非议事，所以也没有迥异意见的激烈碰撞。李白与诸从弟们分别已久，此番天伦欢乐来之不易，而今在桃李园了此心愿，再加上有阳春和大块的“襄助”，予众人以美景，于此时此地叙述天伦之乐，自然是欢乐倍增。

诸从弟皆似南朝谢惠连一般，工诗文书画之能事。既然座中之人皆是贤才俊秀，自然是谈吐不凡，美景烘托着乐事，乐事有助于高谈，宴会就在这番热烈气氛中推向了高潮。花月交映，杯盏交错，大有一醉方休之意。文人雅士聚会，痛饮固然重要，吟诗更是必不可少。尤其是李白，故以“不有佳咏，何伸雅怀？如诗不成，罚依金谷酒数”结尾。

一觞一咏，掀起了此次宴会的高潮，这一篇锦心绣口之文，也顺理成章地在宴酣之乐中落下帷幕。

送走夕阳的余烬

王禹偁《黄州新建小竹楼记》（节选）

子城[①]西北隅，雉堞圮毁[②]，蓁莽荒秽，因作小楼二间与月波楼[③]通。远吞山光，平挹江濑，幽阒[④]辽夐[⑤]，不可具状。夏宜急雨，有瀑布声；冬宜密雪，有碎玉声；宜鼓琴，琴调虚畅；宜咏诗，诗韵清绝；宜围棋，子声丁丁然；宜投壶，矢声铮铮然：皆竹楼之所助也。

公退之暇，披鹤氅，戴华阳巾，手执《周易》一卷，焚香默坐，消遣世虑，江山之外，第见风帆沙鸟、烟云竹树而已。待其酒力醒，茶烟[⑥]歇，送夕阳，迎素月，亦谪居之胜概[⑦]也。彼齐云、落星，高则高矣；井幹、丽谯[⑧]，华则华矣，止于贮妓女，藏歌舞，非骚人之事，吾所不取。

【注释】

①子城：大城中附属的小城，即内城或附在城垣上的瓮城或月城。

②圮毁：坍塌。

③月波楼：黄州西北角的城楼。王禹偁有《月波楼咏怀》：“郡城无大小，雉堞皆有楼。兹楼最轩豁，旷望西北陬。”序云：“月波之名，不知得于谁氏，图经故老，皆无闻焉。”

④幽阒（qù）：环境清幽、寂静。阒，寂静。

⑤辽敻：遥远。

⑥茶烟：烹茶炉火的烟气。

⑦概：生活状况。

⑧齐云、落星、井幹、丽谯：均为古代名楼。齐云楼在吴县（今江苏苏州）；落星楼在建邺（今江苏南京）东北十里；井幹楼在长安（今陕西西安）；丽谯据《白氏六帖事类集》卷三记载为魏武帝所建。

宋代诗人王禹偁生性耿直，屡屡因言获罪，仕途坎坷不平。许是其耿直性格生出了豁达心胸，他的文章也总是蕴含着一种舒朗开阔的境界，不哀怨、不讥诮，直陈事理，光明磊落。因此，即便处于人生低潮，他亦能自得其乐，将平淡如水的生活写得有滋有味。

在这个荒蛮之地，王禹偁选取了城内西北一角作为暂时栖身之所。此地近乎废墟，城池坍圮，荒草丛生，并非宜居之地。可是他看到了这个地方的玄妙之处：从此地远望可以饱览山色，近看则能把大江之景尽收眼底。夏天大雨浸盆，竟仿佛瀑布冲下；冬天大雪纷飞，隐约间似乎听到玉碎的声音。在此地弹琴，琴声泫然；吟诗作赋，诗韵清韵；围棋对弈，落子声清脆入耳；投壶而戏，声音铮铮有力。这一切都是竹楼的赐予。

王禹偁居于此地，生活风雅惬意。公事之余，披上鹤氅，戴上华阳巾，手拿《易经》一卷，气质独特，极具仙风道骨。焚一炷香，在烟雾缭绕中悠然独坐，世间一切的忧虑都就此消散，眼中只有扬帆的小舟、沙土地上觅食的小鸟、半空中的烟云以及笼罩在烟云中的竹子和树木。

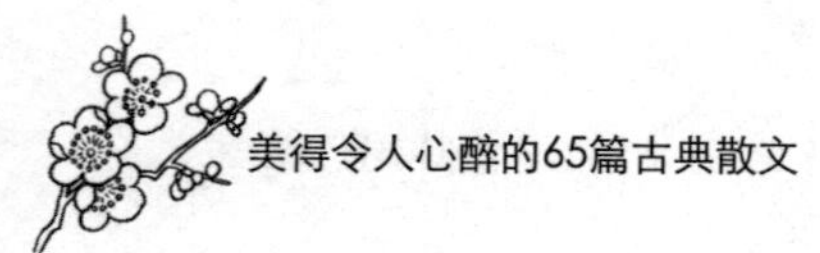

酒醒之后饮上一杯茶，送走夕阳的余烬，迎来夜空中的明明皓月。谪居此地的作者在小竹楼里充分享受着一派胜景。至于那些所谓的名声楼宇，如“齐云”“落星”二楼那般高耸；如“井幹”“丽谯”二楼那样华丽，不过是贮藏妓女、夜夜笙歌罢了。此类事情不在风雅之内，作者自然不屑一顾。

“楼宇”之于中国文人而言，不仅仅是他们羁旅途中的落脚之地，更是他们的心境、品性、理想以及品位的外化，当他们难以回到自己真正的故乡，而思乡之情每每袭上心头，成为挥之不去的煎熬的时候，他们往往需要为自己另外构建一个故乡。建楼，因此成为一个构建“故乡”的过程，文人每到一地，每建一楼，都把他所在的地方变成了自己又一个“故乡”，尽管这样的“故乡”其实不具备真正的替代作用，甚至会起到“借酒浇愁愁更愁”的反作用，但文人却仍旧乐此不疲，足见其内心的荒凉萧瑟。

诚然，王禹偁是一豁达之人，但仍旧会为这些质朴的情怀所左右，身处于自己构建的精神家园，获得了暂时的休憩，却难以弥补长久而深远的凄凉，这一切付诸笔下，呈现出跌宕起伏的文字，演化出绵延悠长的意绪，也就不足为奇了。

徒留一段伤感的记忆

孟元老《〈东京梦华录〉序》（节选）

仆从先人宦游南北，崇宁癸未到京师，卜居于州西金梁桥西夹道之南。渐次长立，正当辇毂之下[①]，太平日久，人物繁阜。垂髫之童，但习鼓舞；班白之老，不识干戈。时节相次[②]，各有观赏：灯宵月夕，雪际花时，乞巧登高，教池游苑。举目则青楼画阁，绣户珠帘，雕车竞驻于天街，宝马争驰于御路。金翠耀目，罗绮飘香。新声巧笑于柳陌花衢，按管调弦于茶坊酒肆。八荒争凑，万国咸通。集四海之珍奇，皆归市易；会寰区之异味，悉在庖厨。花光满路，何限春游；箫鼓喧空，几家夜宴。伎巧则惊人耳目，侈奢则长人精神。瞻天表则元夕教池，拜郊孟享。频观公主下降，皇子纳妃。修造则创建明堂[③]，冶铸则立成鼎鼐。观妓籍则府曹衙罢，内省宴回；看变化则举子唱名[④]，武人换授。仆数十年烂赏叠游，莫知厌足。

【注释】

①辇毂（gǔ）之下：在皇帝的车架之下，引申为京城。

②相次：一个接着一个，形容接连不断。

③明堂：皇帝在此处宣明政教。另外，朝会祭祀、庆典、封赏等重要的典礼均在这里举行。

④举子唱名：朝廷按照名册对于中进士的举子进行点名。

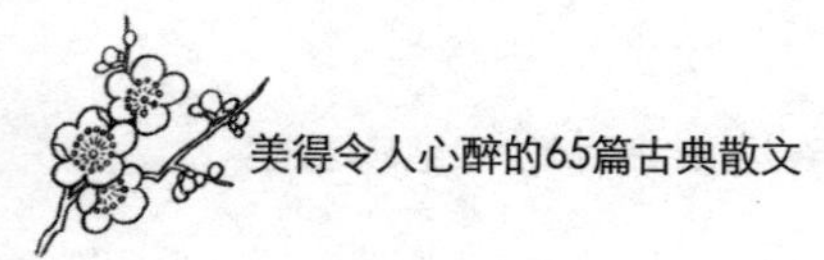

自金国的铁蹄踏遍汴梁，北宋灭亡后，这一座繁华富丽的城，便已不堪回首。一千年后的今日，它在时光与岁月的冲刷下，更是面目全非，寻不回半点当年的影子。那时的锦绣绫罗、笙歌艳舞、浓情深爱，皆化成一抔黄土，剩下的不过是从遥远之地传来的一声声叹息。

幸然，孟元老怀着赤子之心，蘸着深情的笔墨，以回忆为牵引，用文字还原了那座辉煌壮丽的城市，道尽了彼时丰饶饱满的人情。让人读后，不免喟叹，仿佛这是一座海市蜃楼的世界，是孟元老一厢情愿描摹出来的幻境。

打开泛黄的书页，跟随他上路，走进梦一般的城市，去寻觅繁花烂漫开遍的前世今生。在那座城中，他是对市井烟火之美充满热烈激情的男子，是珍惜每个瞬间甚至要秉烛夜游的男子。彼时“太平日久，人物繁阜”，少年儿童学习的只是音乐歌舞，白发老人从不曾听闻兵戈战事。每遇盛日，从清晨到日暮，从郊外到城中，皆是内心燃着鲜丽火焰的游赏之人。

在这富庶华美的人间，官员文士多喜游乐宴饮，这怎少得了勾栏瓦肆里的娇媚佳人。繁华的汴京城里，举目便是青楼画阁、绣户珠帘、宝马香车。秦楼楚馆内，尽是金翠耀目，罗绮飘香。十里长街，宴饮笙歌不绝，伊人巧笑倩兮惹人怜。到处都是欢歌笑语管弦呕哑，一片奢侈情景。此地仿佛不惧时代变迁与流年辗转，更不会颓然老去。

诚然，宋朝与雍容强盛的大唐相比，气质稍有纤弱，它在北方强大民族的映衬下，显得有些弱小、胆怯。但宋朝也自有它的繁华。八方交汇，贸易兴隆；将各种美味佳肴尽都推进庖厨，摆上餐桌，大快朵颐。日间游乐嬉戏，夜里美食宴乐。向上可以见到皇帝、皇子、公主的重大礼仪，向下则可以在平凡市井中悠游自乐。

彼时衣食住行皆有，声色视听兼备，林林总总，极尽奢华，极其丰艳。尽管孟元老在此地是烂赏叠游数十年，却从未感到满足厌倦。只是在“靖康之变”后，则成为“梦华”，烟消云散，不复再得。

他无法忍受这座堂皇富丽的城市，如将熄的烛火般，渐渐融于黑夜。故而，他执意要置身回忆中，心无旁骛地将这座不复存在的城，挪到纸页上。却不曾预料到，文字愈是华丽，过往愈是丰盛，惆怅与悲伤也就愈浓重。

这篇序文地把《东京梦华录》的内容浓缩到数百字当中，包揽了北宋京城的方方面面，朝廷典礼、岁时节令、风土习俗、物产时好、诸街夜市、贩夫走卒、勾栏瓦舍，展开了一幅幅琳琅的画卷，构成百业千行的乐景图，尽可以说是文字版的《清明上河图》。

这为了忘却的纪念，最终未曾挽留住那座城市的一砖一瓦，不过是徒留一段伤感的记忆。

霸业成空，美人作土

宋荦《游姑苏台记》（节选）

迤逦[1]过横塘，群峰翠色欲滴。未至木渎二里许，由别港[2]过两小桥，遂抵台下。山高尚不敌[3]虎丘，望之仅一荒阜[4]耳。舍舟乘竹舆[5]，缘山麓而东，稍见村落，竹树森蔚，稻畦相错如绣。山腰小赤壁，水石颇幽，仿佛虎丘剑池。夹道稚松丛棘，薝蔔[6]点缀其间如残雪，香气扑鼻。时正午，赤日炎歊[7]，从者皆喘汗。予兴愈豪，褰[8]衣贾勇如猿猱腾踏而上。陟[9]其巅，黄沙平衍，南北十余丈，阔数丈，相传即胥台故址也，颇讶不逮所闻。吾友汪钝翁《记》称："方石中穿，传为吴王用以竿旌者"。又"矮松寿藤，类一二百年物"。今皆无有。独见震泽掀天陷日，七十二峰出没于晴云漏淼[10]中。环望穹窿、灵岩、高峰、尧峰诸山，一一献奇于台之左右。而霸业销沉，美人黄土，欲问夫差之遗迹，而山中人无能言之者，不禁三叹。

【注释】

①迤逦：风景曲折连绵的样子。

②别港：从主流分出来的河流。

③不敌：抵挡不了。

④阜：在平地上凸起的部分。

⑤竹舆：用竹子做成的轿子。

⑥薝（zhān）葡：栀子花。

⑦歊（xiāo）：热气升腾。

⑧褰（qiān）：揭起，提起。

⑨陟（zhì）：攀登。

⑩灏（xiào）淼：形容湖水深远广阔。

美景连绵之地，自然是游人的好去处，如若此地又发生过缠绵跌宕的故事，则更为这里添上了三分旖旎调子。西湖因有白素贞与许仙缱绻相恋的传奇，更显摇曳多姿；而姑苏台则因吴越争霸的战事、西施倾城的美色，陡然披上了一层朦胧而不乏美感的轻纱。

吴王夫差在战胜越国之后，称霸吴中，不免有飞上云端之感，便兴建亭台楼阁，泡在美酒佳色中荒淫度日。越王勾践则厉兵秣马，躲在角落积蓄力量，等待着卷土重来的机遇，并采纳了谋士范蠡的美人计，将西施献给了夫差。夫差好色，却独爱西施。为博得美人欢心，为其建造姑苏台、馆娃阁、灵馆等。夫差对西施的爱，急切了些，也盲目了些，于是双手为她奉上了整个家国。

如今姑苏台成了游览胜景，而那段有关征战、美人的故事，却留在了平行时空里，等前来游赏的人，去唤醒沉睡的过往。清代文人宋荦则是其中之一。他曾两次在此处任职，却因公务繁忙未曾去过姑苏台，甚为遗憾。故而，他第三次来到姑苏台时，定要好好游览一番。

乘船沿江缓缓前行，不消几时便淌过横塘。春夏时节，两岸的群山青翠欲滴，群山像是被浓绿泼过，一拧就能滴出绿色的汁液。姑苏台远远望去不过是一座荒凉的小土丘，但景色却美丽怡人。绕着山脚东行，村落渐渐显现，竹子与树

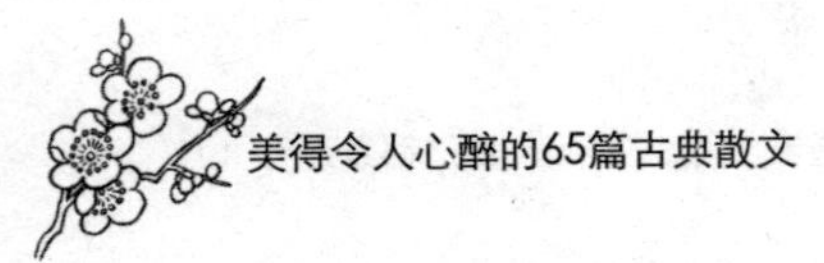

木浓密茂盛，稻田如锦绣般相互交错。

随后宋荦则与众人上山，山路两侧长满了矮松和荆棘，点缀其间的栀子花如同星星点点散落的残雪，沁人心脾。一路跋涉后，不知不觉已是烈日炎炎的正午，而这并未让他的热情削减一丝一毫。

待他登上山顶，从山顶望去只见山的四周尽是平坦宽广的黄沙，不禁愕然。相传姑苏台宽八十四丈，高三百丈，登上台阶之后可以饱览方圆二百里的湖光山色和田园风光，号称“冠绝江南，闻名于天下”，高台之上还建有灵馆、天池、河流等建筑物。范成大在《吴郡志》中有言：“吴王夫差筑姑苏之台，三年乃成。周旋诘屈，横亘五里。崇饰土木，殚耗人力。宫妓千人，台上别立春宵宫，为长夜之饮。造千石酒盅，又作天池，池中造青龙舟，舟中盛致妓乐，日与西施为嬉。”

而后，勾践用十年的沉淀，一举歼灭吴国。自此霸业成空，美人作土，曾经的硝烟战火、歌舞欢娱，都如悬在亭台画阁上的最后一抹残阳，眨眼工夫便不见了，不由得让人感叹再三。当风流都成往事，斜阳映着暮草，黄昏掩饰了枯败，逝去的时光，还有逝去光阴里的故事，都无须强求挽留。

不必介怀，随他去

欧阳修《卖油翁》

陈康肃公尧咨[1]善射，当世无双，公亦以此自矜。尝射于家圃，有卖油翁释担而立，睨[2]之，久而不去。见其发矢十中八九，但微颔之。

康肃问曰："汝亦知射乎？吾射不亦精乎？"翁曰："无他，但手熟尔。"康肃忿然[3]曰："尔安敢轻吾射！"翁曰："以我酌油知之。"乃取一葫芦置于地，以钱覆其口，徐以杓酌油沥之[4]，自钱孔入，而钱不湿。因曰："我亦无他，惟手熟尔。"康肃笑而遣之。

【注释】

①陈康肃公尧咨（zī）：陈尧咨，谥号康肃，北宋人。公，男子的尊称。

②睨：斜眼看。

③忿然：非常气愤的样子。

④沥：灌注。之：葫芦。

陈康肃公擅长射箭，自认为举世无双。有一天他在家中园子里射箭，旁边正好有一个卖油翁看着。卖油翁见他射箭十有八九中靶心，却只是微微点了点头，似乎并不以为意。陈康肃

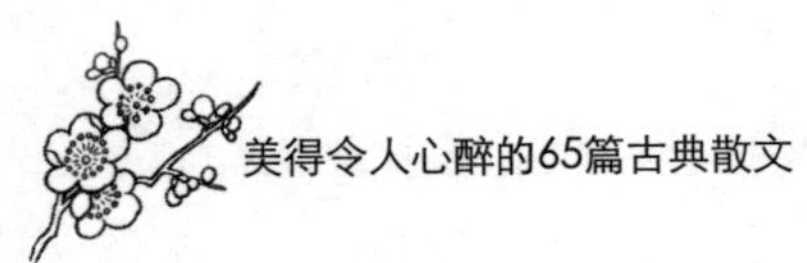

质问卖油翁，卖油翁说："这没有什么奥秘，只是'手熟'罢了。"陈康肃愤然而怒，自认为精湛高超的射箭技术竟然受到一个卖油老头的轻视。卖油翁并不分辨，他把一个铜板放在一个葫芦口上，慢慢向里面注油。只见油从细小的钱眼中注入，而钱币却丝毫未湿。陈康肃见状，仿佛若有所思，笑着将他打发走了。

作者对卖油翁的描写细致精当。卖油翁起先斜视而立，"睨""微颔"两个动词，生动地揭示了其不以为意的心理。较之康肃，文章对卖油翁的描写似乎平淡得多。面对前者的诘问，他的回答也相当平淡镇定，几个"曰"字不带任何修饰。正是这种简单的描写，足以显见他的泰然自若、不卑不亢的深情与性格。

文章的质朴自然、词简意丰、深刻隽永，于浅显中寓意深刻的道理，足可以见欧阳修诗文革新的文学主张，及其高超丰厚的文学功力。

人生败落后的写照

张岱《西湖七月半》（节选）

西湖七月半，一无可看，止可看看七月半之人。看七月半之人，以五类看之。其一，楼船箫鼓，峨冠盛筵，灯火优傒①，声光相乱，名为看月而实不见月者，看之；其一，亦船亦楼，名娃闺秀，携及童娈②，笑啼杂之，环坐露台，左右盼望，身在月下而实不看月者，看之；其一，亦船亦声歌，名妓闲僧，浅③斟低唱，弱管轻丝，竹肉相发，亦在月下，亦看月而欲人看其看月者，看之；其一，不舟不车，不衫不帻④，酒醉饭饱，呼群三五，跻⑤入人丛，昭庆、断桥，嘄呼嘈杂，装假醉，唱无腔曲，月亦看，看月者亦看，不看月者亦看，而实无一看者，看之；其一，小船轻幌，净几暖炉，茶铛⑥旋煮，素瓷静递，好友佳人，邀月同坐，或匿影树下，或逃嚣⑦里湖，看月而人不见其看月之态，亦不作意⑧看月者，看之。

【注释】

①优：伶人，唱戏的人。傒：通“奚”，仆人。

②童娈：英俊的男童。

③浅：慢慢地。

④帻：古代男子的头巾。

⑤跻：挤。

⑥茶铛（chēng）：烧茶用的器具。

⑦嚣：喧嚣，吵闹

⑧作意：特意，刻意。

《西湖七月半》选自《陶庵梦忆》，是一篇独特的游记小品文，记叙了明代杭州人在七月半游览西湖的风貌。作者构思奇特，题为西湖七月半，却不描写七月半西湖的风景，而是描写看风景的各类游人；不描写八月的中秋月景却描写七月半“鬼节”时西湖的月景。

“西湖七月半，一无可看，止可看看七月半之人。”一般文人写西湖多以自然风景为内容，而作者却以游西湖之人为主题，文章起笔不凡，显示出作者的独到之处。

作为一篇追忆往昔的作品，作者通过描摹七月半游人们游湖赏月的各种不同景象，展现了旧时杭州或市井、或附庸风雅、或清高风雅的社会面貌，其中也隐含着作者对往昔繁华的追忆与怀念。而通过游湖五种人俗雅的鲜明对比，表现出对真正的高雅之士的赞扬，对附庸风雅之人的调侃嘲讽。

《西湖七月半》实则是一幅西湖七月半时赏月人的众生相，作者专注于游人，把游人的行为举止、神情心态描画得生动逼真。文章意不在表现自然山水，旨在表现文人墨客在观赏山水过程中体现出来的人文气质。明朝覆亡后，张岱家境也随之败落。文章之所以避开八月最盛时的月色，而写七月半“鬼节”赏月的情景，也是其经历家国沦丧、家境困顿后的心情写照，文中最后写人群散去后的七月半游湖赏月，可见作者的清高孤傲。

卷六　伤春悲秋，随他而去

天气有冷热，人情有冷暖，世态有炎凉，身处其中，唯有自我坚守，自我慰藉，守护好内心那一片洁净如初的伊甸园。

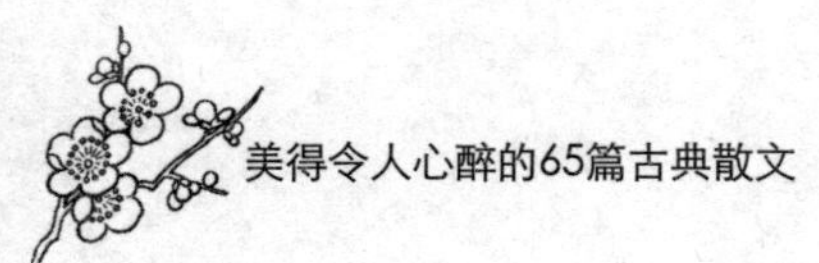

不愿玷污清白求生存

司马迁《屈原列传》（节选）

屈原至于江滨，被发[①]行吟泽畔。颜色憔悴，形容枯槁。渔父见而问之曰：“子非三闾大夫[②]欤？何故而至此？”屈原曰：“举世混浊而我独清，众人皆醉而我独醒，是以见放。”渔父曰：“夫圣人者，不凝滞[③]于物而能与世推移。举世混浊，何不随其流而扬其波？众人皆醉，何不餔[④]其糟[⑤]而啜[⑥]其醨[⑦]？何故怀瑾握瑜而自令见放为？”屈原曰：“吾闻之：新沐者必弹冠，新浴者必振衣。人又谁能以身之察察[⑧]，受物之汶汶[⑨]者乎！宁赴常流而葬乎江鱼腹中耳，又安能以皓皓之白而蒙世之温蠖[⑩]乎！”乃作《怀沙》之赋。

【注释】

①被发：披散着头发。按照古人礼节，平日应当束发加冠，若披发，则表示不拘礼节，无心装束。被，同“披”。

②三闾大夫：屈原被放逐前最后担任的官职，主要负责掌昭、屈、景三姓的事务，这三者皆为楚国王族。

③凝滞：拘谨固执，不知变通。

④餔（bū）：吃。

⑤糟：酒渣。

⑥啜：喝。

⑦醨：味道稀薄的酒。

⑧察察：皎洁的样子。

⑨汶汶：污垢，污辱。一说，昏暗不明。

⑩温蠖（huò）：尘渣重积的样子。

屈原的一生，唯有忠诚，却没有人愿意相信他的忠诚。于是，他只得带着骄傲与孤独、怨尤和悲伤、才华与品性，走进生命的荒漠中，让心中熠熠生辉的愿望，沉到汨罗江底。仿佛只有这般，他才能于世中走一遭却不沾染尘埃丝毫，自始至终傲然独立地守护内心的那份澄澈与清明。

被“迟暮美人”放逐，被华丽朝堂抛弃，一腔的忠诚尽成水中月、镜中花，满身的清白尽是污泥、尘垢，于是他成了在江边踽踽而行的落魄诗人。“颜色憔悴，形容枯槁”，司马迁这般形容在浑噩江湖漂泊的屈原。纵然他倾尽全力支撑起这个将倾的时代，命运却残酷地封锁了他的理想，让他走向深渊，走向穷途末路。

一日，心事重重“游于江潭”的屈原在水边与一位渔父相遇，渔父问他：“何故而至此？”他本是意气风发，青云直上，官至三闾大夫，辅佐怀王雷厉风行改革朝政，一心为国富民强而努力，为抵挡西秦虎狼之国的野心而奋争，如今，何至于如此憔悴、枯槁？

屈原这般回答：“举世皆浊我独清，举世皆醉我独醒。”这是一个污浊的俗世，世人皆随波逐流，唯有他清白如日月，洁身自好，宁折不弯；这也是一个混沌的世界，黑白颠倒，是非不明，世人都醉了，糊涂了，唯有他清醒如初。将这世界看得太过通透时，总是难免满怀忧伤，满心痛苦。

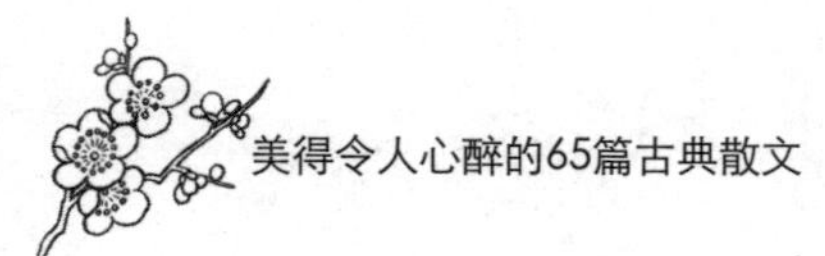

不苟合、不妥协，如今落到了这步田地。渔父自然惊愕至极，圣人知晓时世变幻莫测，故能随时而变、随势而变，从不受外界事物的束缚。倘若“世人皆浊”，何不搅浑泥水，扬起浊波？若是“众人皆醉”，何妨大吃酒糟，痛饮美酒？何必思虑深远，自命清高，以致让自己落了个被放逐的下场？

这番道理屈原何尝不懂，只是他不愿。不愿玷污清白求生存，不愿降低人格求认同。他要做一朵出淤泥而不染的莲花，即便最终会凋零在泥沼中，也要以自己固有的洁净姿态开到极致。

最终，在千万次叹息之后，他以血为墨，以泪为书，在临死之前用一篇《怀沙》记下了这一场盛放与凋零，也记下了他“独清”“独醒”的人生。而后，他纵身一跃，落到了汨罗江的水底。他没有改变这个混沌的世界，这个世界也未曾改变他坚如磐石、高洁清澈的心志。一切都是原来的样子，好似他的来与去，不过是闲来无事之人杜撰出来的故事。

生也好，逝也罢，他都以独特的方式守护着楚国的山河。至于那一场伤春悲秋的大梦，就让它在下一个秋凉之际，随风而散吧。

田园风光，才是归宿

张衡《归田赋》

游都邑以永久，无明略以佐时；徒临川以羡鱼，俟河清[①]乎未期。感蔡子[②]之慷慨，从唐生以决疑。谅天道之微昧，追渔父以同嬉；超埃尘以遐逝，与世事乎长辞。

于是仲春令月，时和气清，原隰[③]郁茂，百草滋荣。王雎鼓翼，仓庚哀鸣，交颈颉颃，关关嘤嘤。于焉逍遥，聊以娱情。

尔乃龙吟方泽，虎啸山丘。仰飞纤缴，俯钓长流；触矢而毙，贪饵吞钩，落云间之逸禽，悬渊沉之鲨鰡[④]。

于时曜灵[⑤]俄景，系以望舒，极般游之至乐，虽日夕而忘劬[⑥]。感老氏之遗诫，将回驾乎蓬庐。弹五弦之妙指，咏周孔之图书；挥翰墨以奋藻，陈三皇之轨模。苟纵心于物外，安知荣辱之所如？

【注释】

①河清：古代传说，圣人将出则黄河变清，此处指太平盛世里的政治清明。

②蔡子：战国著名的辩士蔡泽。

③隰（xí）：又低又平的地方。

④鲨鰡（shā liú）：一种伏在水底沙面上的小鱼。

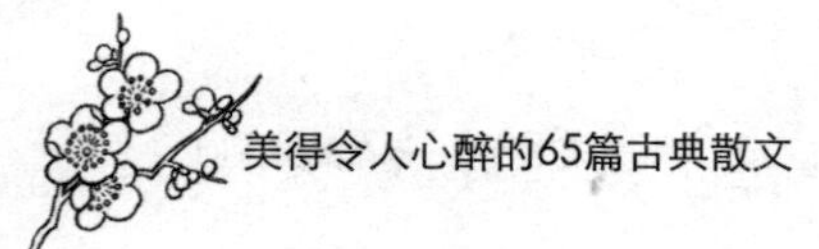

⑤曜（yào）灵：太阳。

⑥劬（qú）：劳苦。

理想与现实之间的沟壑，总是无法填满。面对这掉下去即粉身碎骨的沟壑，多半人选择原路返回，将梦想抛却，在现实中以求自保，而少数人则执意要出淤泥而不染，或与现实针锋相对，或退而归隐山林。

汉人张衡属于后者，他少而敏慧，文采出众。结束五年京师求学生涯，重返南阳故里后，他拜在鲍德名下为官，担任了九年的主簿，后因其在科学方面的名声受到安帝赏识，奉诏进京，征拜郎中，次年迁为太史令。彼时西京的繁荣，让他真心地赞叹这个他生活其中的大汉朝，作下《西京赋》。洋洋洒洒数千言皆是溢美之词，可是谁又能看到这华美背后几欲的凋零。纵然他文理兼备，却不适合政坛，在西京的繁华中，他的赋词之后隐藏着冷寂。

果然，这个日益腐败的时代，让他将一切丑陋的东西尽收眼底。他多次上书揭露弊端，可惜人微言轻，非但未能扭转乾坤，反倒彻底陷入了孤立。既然高堂已无法栖息他的梦想，他何不全身而退，逍遥于山花烂漫、纤尘不染的田园中。

于他而言，或许悠然自适的田园风光，才是他的归宿。此地仲春之时，天朗气清，嫩草盎然生长，百花争奇斗艳。仰首远望，雎鸠盘旋于湛蓝天空，黄莺鸣唱在密林之间。河面上，鸳鸯交颈，动情欢叫。

不管世外是如何繁华，他依旧在自己的小天地中，恣意地舒展身心。闲来无事的午后，他在湖泽旁如龙吟般高唱，在小丘上或虎啸或低吟，亦可引弓放箭，射落鸿雁，或撒饵垂钓，捕获鱼虾；夕阳西下，皓月升空时，纵然白天的嬉戏已使他颇为欢愉，但仍是不知疲倦。他回到自己的草庐中，拨动五弦琴，咏吟圣贤书，或挥毫泼墨，提笔作文，好不快哉。生活在了无拘囿的环境中，张衡身心放松，发出“苟纵心于物外，安知荣辱之所如”的喟叹。

张衡虽不断为东汉时期的科学进步做出贡献，但他始终无法改变当时残破的局面，如同迟暮的美人一样，被郭沫若评价为“如此全面发展之人物，在世界史中亦所罕见，万祀千龄，令人敬仰”的张衡也无法逃避世事的苍凉。人世如斯，上苍的评判标准并不是永远的公允。张衡及时抽身出红尘凡事，归隐在山林之中，虽然心事黯淡，寂寞如斯，但终究挣脱了樊笼，有了新鲜的自由空气，可供他呼吸。

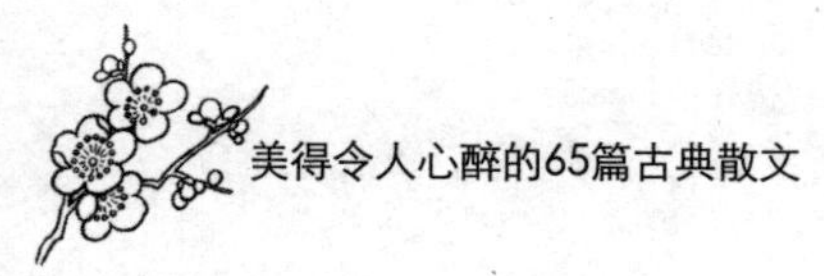

穿行在芳草鲜美的田园中

陶渊明《五柳先生传》

先生不知何许人也，亦不详其姓字。宅边有五柳树，因以为号焉。闲静少言，不慕荣利。好读书，不求甚解。每有会意，便欣然忘食。性嗜酒，家贫，不能常得。亲旧知其如此，或置酒而招之。造①饮辄尽，期在必醉。既醉而退，曾不吝情去留。环堵②萧然③，不蔽风日。短褐④穿结，箪⑤瓢⑥屡空，晏如⑦也。常著文章自娱，颇示己志。忘怀得失，以此自终。

赞⑧曰：黔娄之妻⑨有言，不戚戚于贫贱，不汲汲于富贵。其言兹若人之俦乎？衔觞赋诗，以乐其志，无怀氏之民欤？葛天氏⑩之民欤？

【注释】

①造：来到。

②环堵：指屋子的四周墙壁。

③萧然：形容空荡无物的样子。

④褐：指粗麻布。

⑤箪：竹制食器。

⑥瓢：饮水、酒等用的器具。

⑦晏如：安然。

⑧赞：这是史传的体例，是史官用来评论传主的结语。

⑨黔娄之妻：黔娄是春秋时期鲁国的高士，不求仕进，独善其身。由于下引两句，各本都认为是黔娄的话，因而无“之妻”两字。但是按此二句见于《列女传》，乃是黔娄之妻所言，遂此处应作“黔娄之妻”。

⑩无怀氏、葛天氏：传说都是上古的帝王，应为原始氏族部落首领。这里指作者内心所向往的上古淳朴社会的民风。

世人皆惧孤独，故而要跻身于人群中，以求慰藉与温暖。却不知，繁华的表象终会落幕，露出寂寞的内核。而智者如陶渊明，早早彻悟了这一生命实质，甘愿沉到寂寞深处，用真性情、真言语、真行为，在质朴清明的田园中开出了另一番境界。

当他的人生在矢志不移与随波逐流之间发生激烈碰撞时，他心中的天平自然而然便倾向了淡泊与自持。于是，他在喧嚣的世界中，卓然转身，退到安静却并不死寂的山间村落中。因宅边植有五棵柳树，便自称为“五柳先生”。在此地，他安然处于自然的掌心中：闲静少言，不慕荣利；自然也在他的双眼中幻出别样的神采：各随其分、各安其道。

他“好读书”，将书本视为伴侣，期望与其情投意合，得到或浅或深的心得体会，而并非对书本内容有深入而系统的把握。故而，“每有会意”，便会欣欣然忘却世俗之事。

古时文人墨客多爱饮酒，他亦不例外。即便家中贫穷，无多余钱财买酒，每逢亲友摆设酒宴时，他便醉心而往。在宴席之上，不以去留为意，定然要喝到酩酊大醉方肯罢休。不矫

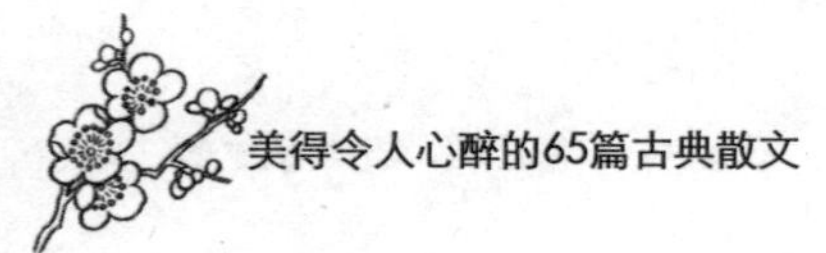

情、不做作、任性而旷达，颇见魏晋名士的真性情。

因并非以隐矫名、以谈炫荣的假隐士，亦不是寻求捷径的贪利之徒，他自有安贫乐道的心性。家徒四壁，他不曾为此苦恼；衣裳破旧，他不曾为之惆怅；饮食不继，他也不会因此悲伤。不期待也不失望，不追求也不悲伤，隐居于此，只觉身与心同步，安然而自在。只因他游目骋怀之际，早已参透了生命的真意。

晨昏交替，秩序井然；秋菊开落，洁净淡泊；南山岿然，肃穆庄严。万物皆以自身内在的节奏，在既定的轨道中缓缓前行。陶渊明亦循着内心的线索，遵从高洁性灵的指示，“不戚戚于贫贱，不汲汲于富贵”，穿行在芳草鲜美的田园中。

如若背负太多岁月的阴影，难免会在人生路上愈走愈慢，即便是身体在前奔跑，灵魂也会被远远甩在身后。既然如此，何不做另一个“五柳先生”，植几株绿柳，翻几页诗书，饮几杯浊酒，写几笔诗文，而后倚靠着如流水清澈的时光，终老于此。

恬静自在的桃花源

陶渊明《桃花源记》

晋太元[①]中，武陵[②]人捕鱼为业，缘溪行，忘路之远近。忽逢桃花林，夹岸数百步，中无杂树，芳草鲜美，落英缤纷，渔人甚异之。复前行，欲穷其林。

林尽水源，便得一山。山有小口，仿佛若有光，便舍船从口入。初极狭，才[③]通人。复行数十步，豁然开朗。土地平旷，屋舍俨然[④]，有良田、美池、桑竹之属。阡陌交通，鸡犬相闻。其中往来种作，男女衣著，悉如外人；黄发垂髫，并怡然自乐。见渔人，乃大惊，问所从来，具答之。便要[⑤]还家，设酒杀鸡作食。村中闻有此人，咸来问讯。自云先世避秦时乱，率妻子邑人[⑥]来此绝境，不复出焉，遂与外人间隔，问今是何世，乃[⑦]不知有汉，无论魏、晋。此人一一为具言所闻，皆叹惋。余人各复延至其家，皆出酒食。停数日，辞去。此中人语云："不足为外人道也。"

既出，得其船，便扶向路，处处志之。及郡[⑧]下，诣太守，说如此。太守即遣人随其往，寻向所志，遂迷，不复得路。南阳[⑨]刘子骥[⑩]，高尚士也，闻之，欣然规往，未果，寻病终。后遂无问津者。

【注释】

①太元：东晋孝武帝（司马曜）年号。

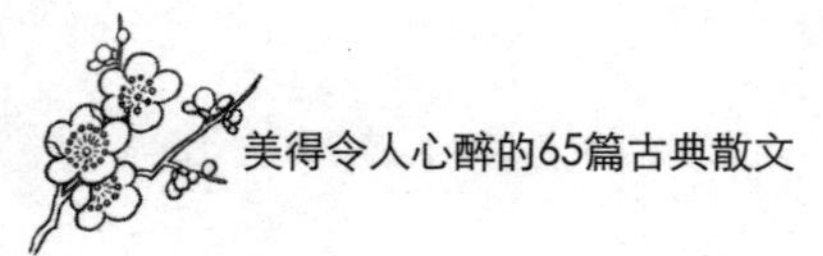

②武陵：在今湖南省常德市，晋时郡名。

③才：仅。

④俨然：整齐分明的样子。

⑤要：通“邀”，约请。

⑥邑人：同县的人。

⑦乃：竟然。

⑧郡：武陵郡。

⑨南阳：今河南省南阳市。

⑩刘子骥：名驎之，字子骥，好游山水。

《桃花源记》是现实主义与浪漫主义的结合体。之所以说它是现实主义，是因它有条不紊地叙述了一个完整的故事，故事发生的时间、地点、情节、人物、结局，一应俱全，这个寻找桃源的故事，折射出了现实社会的种种风貌。同时，它又是浪漫主义的，因它好似仙境一般，亦真亦幻、漫漶迷离，无论是谁都找不到桃源的确切位置，寻不出那样一种井然有序、怡然自乐、堪称完美的社会生活。

真实也好，虚构也罢，通往桃源之路上的鲜美，桃源内景致的幽然静谧，桃源民风的醇美质朴，桃源的得而复失，都具有永恒的魅力，让后人一再怀着虔诚的期许，走上落英缤纷的小径，与心中那个纤尘不染的世界相逢。钟嵘赞曰：“文体省净，殆无长语。笃意真古，辞兴婉惬，每观其文，想其人德。”

武陵人在捕鱼途中，偶然闯进了一片桃花林。绿水潺潺，桃花盛放，花瓣纷飞，沁人心脾的嫩草香气就此扑面而来。正是这如蓬莱仙境的桃林诱引着他不愿停下手中的桨，一直前行，要去看看前方到底有怎样迷人的景致。

待他行至小溪尽头，穿过山的狭窄小洞，才真正进入了桃花源。路途中那“芳草鲜美，落英缤纷”的风光，不过是一首交响曲的前奏而已，桃源内的美景与人情才是主旋律。此地有宽旷的土地，整齐的房屋，肥沃的田野，清澈的池塘，茂盛的桑竹以及交错的村落。人们在这片无喧嚣、无征战的土地上，交游耕作，怡然而自乐，没有战争，没有朝代的更替，随之而来的苦难更是无从谈起。渔人不禁为之动容，他所来的世界，随处可见荒芜颓然的耕地，随处皆是颠沛流离的生活。不仅仅如此，桃源中的人对渔人极为热情，相继邀来做客，“设酒杀鸡做食”。渔人复惊，桃源之外，尽是互相倾轧、钩心斗角之人。

恬静自在的桃花源，唯有与世隔绝方才洁净如初、和谐有序。故而，渔人出去后，再来寻觅时，便“遂迷不复得路”，就连好游山泽、隐居不仕的刘子骥也寻终未果。自此，它依然在谁人都不曾知晓的角落，日出而作，日落而息，静默地过着与世无争的生活。

陶渊明笔下的桃花源，没有战乱，没有剥削压迫，更没有虚伪倾轧。在桃园中，人们平等自由、共同劳动、丰衣足食、待人友善。或许，这样的世界并不存在，它只是陶渊明身居动荡的时代，幻想出来的美的象征、理想的符号。

这样的桃源，陶渊明之所以能寻找，并且能描绘得如此醉人心神，是因这片和谐的桃源，坐落在他的心上。

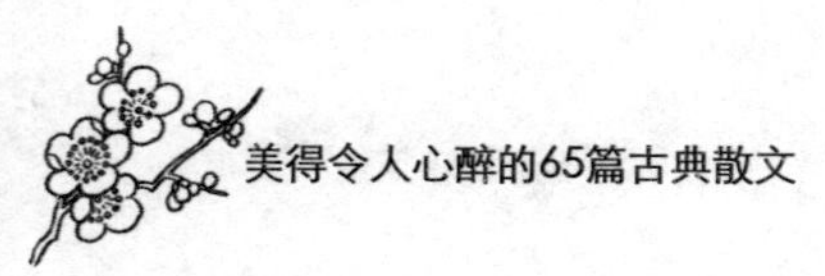

沉醉于斯不复醒

王绩《醉乡记》（节选）

昔者黄帝氏尝获游其都，归而杳然丧其天下，以为结绳之政[①]已薄矣。降及尧舜，作为千钟百壶之献，因姑射神人[②]以假道，盖至其边鄙，终身太平。禹汤立法，礼繁乐杂，数十代与醉乡隔。其臣羲和[③]，弃甲子[④]而逃，冀臻其乡，失路而道夭，故天下遂不宁。至乎末孙桀纣，怒而升糟丘[⑤]，阶级千仞，南向而望，卒不见醉乡。武王得志于世，乃命公旦[⑥]立酒人氏[⑦]之职，典司五齐[⑧]，拓土七千里，仅与醉乡达焉，故四十年刑措不用。下逮幽厉，迄乎秦汉，中国丧乱，遂与醉乡绝。而臣下之爱道者，往往窃至焉。阮嗣宗、陶渊明等十数人并游于醉乡，没身不返，死葬其壤，中国以为酒仙云。

【注释】

①结绳之政：在上古时期，文字没有出现之前，人们便用为绳打结的方法记事治政。据《易·系辞下》中载：“上古结绳而治，后世圣人易之以书契。”

②姑射神人：姑射乃是传说中的仙山之名。据《庄子·逍遥游》中载：“藐姑射之山，有神人居焉。”

③羲和：传说中掌管天地四时的官吏。

④甲子：岁月的代称，这里则指羲和所掌管的职事。

⑤糟丘：即用酒糟堆成的小丘。据《新序·节士》中载："桀为酒池，足以运舟，糟丘足以望七里。"

⑥公旦：即周公姬旦，周文王子，辅助武王伐纣立周。

⑦酒人氏：指掌管造酒的官。

⑧五齐：古代以清浊程度将酒分为五等，称为"五齐"，即泛齐、醴齐、盎齐、缇齐、沈齐。

初唐诗人王绩一生嗜酒，在他自传《五斗先生传》中说："有以酒请者，无贵贱皆往，往必醉，醉则不择地斯寝矣，醒则复起饮也。常一饮五斗，因以为号焉"。"一饮五斗"，除本身好酒，更饱含着以癫狂酒醉之态与世抗争之意。史载他曾自作墓志铭曰："天子不知，公卿不识，四十五十，而无闻焉。于是退归，以酒德游于乡里，往往卖卜，时时著书，行若无所之，坐若无所据。"自我陶醉也好，颂扬酒德也罢，均是逃避现实、明哲保身的遁词罢了。

王绩身为前隋遗臣，自然会对新朝怀有抵触心理，虽曾短暂出仕，不久便弃官回到老家东皋，隐居田园。因仕途不遂心意却又无可奈何，唯有在梦中才能得到一丝慰藉，只得在虚构的"醉乡"中舔舐伤疤。

"醉乡"有可堪与桃花源比肩的平旷开阔的自然环境，生活在其中的人是庄子笔下的"不食五谷、吸风饮露"的异人，他们向往的正是老子"使有什佰之器而不用"的生活境界。在这里，古时所追求的天人合一境界浑然达成，人们返璞归真，与天地自然地融于一体。

醉乡是理想的、完美的，因酒而醉，醉而自得的社会。在这样的社会中，任何规矩都是拘束，都是多余。黄帝、尧、

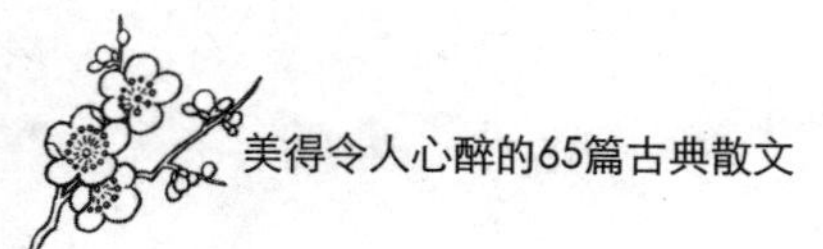

舜、周武王，皆是流芳万世的道德之君，曾以不同方式与醉乡交往。黄帝认为结绳记事的政策已然鄙薄不厚道；尧舜以千钟百壶酒祭祀献礼，因而得到了“道”，施及边疆邻国后，太平无患。而禹和汤亦是圣明君主，却因立法“礼繁乐杂”之故，与醉乡隔绝。周武王与醉乡连通后，四十余年不施刑法。及至周幽王与周厉王，甚至下至秦汉，祸乱不止，便再次与醉乡隔绝。

但即便如此，好酒、爱道之人总会私渡到醉乡。既然此地以“醉”为名，其内自然尽是酒醉之人。阮籍自猖狂，陶潜之酣畅，皆是如此。而他自己，也是与醉乡相通之人，恨不能沉醉于斯不复醒。

古往今来，世人总是要以酒来稀释忧愁，正如曹操所说：“何以解忧，唯有杜康。”于是人们一再沉醉在酒乡中，不受规则限制，随心而所欲。但狂妄不羁的李太白却言：“抽刀断水水更流，举杯销愁愁更愁”，在他看来，愁如水一般，永恒存在，无法可解。王绩写下“醉乡”，其实也是做了一场梦，梦中有贤明的君王，醒来才知晓“醉乡”与桃花源一样，都是湖中那轮月亮，只可观赏，无力打捞。

清风明月自逍遥

刘禹锡《陋室铭》

山不在高，有仙则名；水不在深，有龙则灵。斯是陋室，惟吾德馨。苔痕上阶绿，草色入帘青。谈笑有鸿儒①，往来无白丁②。可以调素琴，阅金经③。无丝竹④之乱耳，无案牍⑤之劳形。南阳诸葛庐⑥，西蜀子云亭⑦。孔子云："何陋之有⑧？"

【注释】

①鸿儒：大儒，博学者。

②白丁：白衣，平民。

③金经：古时用泥金书写经文的佛经。

④丝竹：弦乐和管乐，泛指音乐。

⑤案牍：官场文书。

⑥南阳诸葛庐：诸葛亮在南阳隐居时居住的茅庐。

⑦西蜀子云亭：成都少城西南有汉辞赋家扬雄宅，也叫草玄堂，因扬雄字子云，所以叫子云亭，是扬雄写《太玄》的地方。

⑧何陋之有：《论语·子罕》："子欲居九夷。或曰：'陋，如之何？'子曰：'君子居之，何陋之有？'"

无论世人做怎样的挣扎，都不会行走在时代的框架之外。它

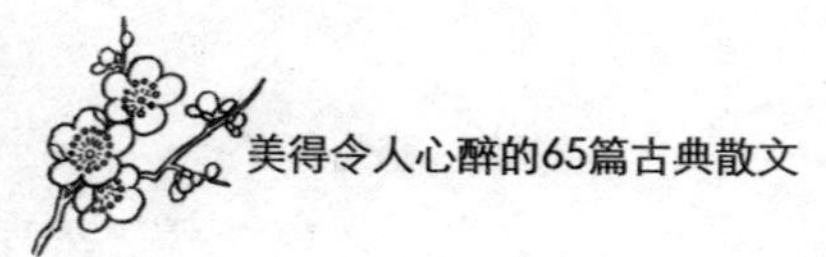

或是繁华，或是荒蛮，人们皆须得把一生毫无保留地交付于它。刘禹锡生活的时代，正是戏剧将要散场的中晚唐，宦官专权、藩镇割据、朋党之争，使得社会犹如一堵颓圮的围墙，截断人们奔往明媚途程的去路。清高之人，生活在这般污秽时代中，必然要受颠沛流离的苦。因不向黑暗妥协，刘禹锡一次次被贬到边远之地。

文中“陋室”即是他被贬和州（今安徽省和县）的住所。虽然被贬也算是朝廷命官，享有俸禄，却为何屈居陋室呢？相传和州知县唯利是图，见刘禹锡贬官到此，便故意难为他，不安排他在官衙住，反而将他打发到了南门的三间屋子里，面江而居。刘禹锡不计较，并写下“面对大江观白帆，身在和州思争辩”的门联张贴在外，表明自己的豁达。

后来知县又要他搬至北门，房子也小了一半。小房临河而建，岸边杨柳依依，刘禹锡又写下一副对联“杨柳依依江水边，人在历阳心在京”。知县见他并不在意，更加恼火，不久又命他搬到城中，更小的房子里，这间小房就是刘禹锡的“陋室”了。刘禹锡在这里愤然提笔写下了《陋室铭》表达了自己不畏权贵、安贫乐道、独善其身的情怀，请书法家柳公权书碑勒石，一时轰动朝野。

“山不在高，有仙则名；水不在深，有龙则灵”，这是一间陋室，好似满地残红，不免让人心生怨念。这间陋室又像极了这个将要落幕的时代，千疮百孔，阴影斑斑，让人看不清转弯后的道路，是一马平川还是穷途末路。平庸之人处于这般环境中，必然会为了生存而随波逐流；而节高志坚之人，则因具有高尚品德而使陋室熠熠生辉。

刘禹锡被挤出了朝堂，却得到和州清风明月。这间陋室，室外有碧绿苔藓铺阶，青翠草叶蔓延，清新而淡雅。室内和刘禹锡来往的友人皆是同道中人、高洁之士，他们或是弹琴以诉情，或是读书以明志。既不会被宴会上的嘈杂音乐所困扰，亦不会因琐碎公事而劳神。他就这般以淡然的姿态，走上那条虽曲折幽深但处处皆暗合心意的道路。

这种生活远离凡间闹市，令多少凡人羡慕不已。“南阳诸葛庐，西蜀子云亭”，皆是此般，简陋却馨香满屋。故而，刘禹锡说：“何陋之有？”想必和州知县看到这篇《陋室铭》后，更为愤怒。即便他再将刘禹锡遣到更小更简陋的住处，刘禹锡仍会坐看庭前花开花落之姿，仰望云卷云舒之态，做出最为漂亮的回应。

身处萧瑟之地，不觉得苦，是因心里装着一座繁华却不艳俗的城。清风、明月、碧草、鸟鸣、好友，一一俱在。

为民忧、为国殇

范仲淹《岳阳楼记》（节选）

若夫[①]霪[②]雨霏霏，连月不开；阴风怒号，浊浪排空；日星隐曜，山岳潜形；商旅不行，樯倾楫摧；薄暮冥冥，虎啸猿啼。登斯楼也，则有去国怀乡，忧谗畏讥，满目萧然，感极而悲者矣。

至若春和景明，波澜不惊，上下天光，一碧万顷；沙鸥翔集[③]，锦鳞[④]游泳；岸芷汀兰[⑤]，郁郁青青。而或长烟一空[⑥]，皓月千里，浮光跃金[⑦]，静影沉璧[⑧]，渔歌互答，此乐何极！登斯楼也，则有心旷神怡，宠辱皆忘，把酒临风，其喜洋洋者矣。

嗟夫！予尝求古仁人之心，或异二者之为。何哉？不以物喜，不以己悲；居庙堂[⑨]之高，则忧其民；处江湖之远，则忧其君：是进亦忧，退亦忧。然则何时而乐耶？其必曰“先天下之忧而忧，后天下之乐而乐”乎。噫！微斯人，吾谁与归？

【注释】

①若夫：用在一段话的开头，引起下文论述，意思是“像那”。

②霪：延绵不止。

③集：停下来栖息。

④锦鳞：代指漂亮的鱼。

⑤岸芷汀兰：岸上以及小洲上的花花草草。

⑥一空：全部消散。

⑦浮光跃金：浮动着的光闪耀着金色。

⑧璧：指圆形的玉。

⑨庙堂：这里指朝廷。

“洞庭天下水，岳阳天下楼”，登岳阳楼，赏洞庭景历来被众多文人墨客所青睐。杜甫、李白、孟浩然、陆游等著名诗人都曾在这里留下脍炙人口的名篇。一个烂熟的题材想要推陈出新本是难事，而范仲淹这首《岳阳楼记》却一脱稿就获得了很高的评价。人们把范仲淹作《岳阳楼记》，滕子京重修岳阳楼，苏舜钦书写《岳阳楼记》和邵竦的篆刻并称为“天下四绝”。

这篇文章作为其中一绝，固然是范仲淹才华横溢使然，但若没有他“不以物喜，不以己悲”的淡然，没有“先天下之忧而忧，后天下之乐而乐”的胸怀，这篇文章也不过是文海沙滩中的一枚不起眼的贝壳。

谁都无法参透人与人之间，人与物之间的缘分。汲汲追求的，往往无果而终；不曾期待的，反而悄然而至。唯有拥有一颗安然自在的心，顺其自然，不怨怒、不悲观、不躁动、不强求，身处喧嚣尘世，心却澄明无比，方才抵挡住命运中的大喜与大悲。所谓“不以物喜，不以己悲”，即是看淡一切，这并非消极，亦不是放弃追求，而是坦荡与平和，宁静与安详。

道理人人都懂，亲身实践时，多半会产生退却之心。范仲淹则在文中道出了览物而悲者、览物而喜者两种情状。

在阴雨连绵之季，接连几个月不放晴，狂风怒号、浊浪翻

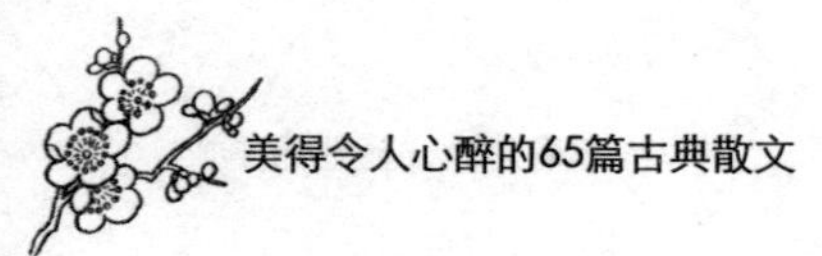

滚、太阳与星星隐没光辉、群峦隐蔽形体；商旅躲避，船只折损，黄昏晦暗，一切皆漫漶不清，独能听闻虎啸猿啼之声穿破风雨。这不过是大自然阴天时的表情，与人并无多大关联，但此时如若人们登上岳阳楼，则难免触景伤情，满目萧然，为过往伤痛，为前途担忧。

而在春风和煦之时，天色湖光万里碧绿，沙鸥锦鳞自得其乐，芷草兰花相映成趣，皎洁月光晶莹似玉，嘹亮渔歌你唱我和，真是此景只应天上有。在此时拾阶而上，站在岳阳楼上，自然会心旷神怡，举杯畅谈，忘却荣辱。

如若心灵淡泊如水，无论外界或是自我遭到怎样的起伏悲喜，都会以达观静默的姿态来应对。作这篇文章时，范仲淹正贬官在外，而他并没有一味沉浸在悲伤怨怒的河流中，反倒在偏远之地，仍心系天下。本可以独善其身，落得清闲自在，却依旧为民忧、为国殇。

滕子京在请范仲淹写《岳阳楼记》的信笺中云：“山水非有楼观登览者不为显，楼观非有文字称记者不为久。”诚然如此，岳阳楼早已因范仲淹这篇妙文，因“不以物喜，不以己悲”的锦句，在漫长的时间与偌大的空间中，留下了永恒的印记。

一个人也要走下去

周敦颐《爱莲说》

水陆草木之花，可爱者甚蕃。晋陶渊明独爱菊；自李唐[①]来，世人甚爱牡丹；予独爱莲之出淤泥而不染，濯清涟而不妖，中通外直，不蔓不枝，香远益清，亭亭净植，可远观而不可亵玩焉。

予谓菊，花之隐逸者也；牡丹，花之富贵者也；莲，花之君子者也。噫！菊之爱，陶后鲜有闻；莲之爱，同予者何人？牡丹之爱，宜乎众矣。

【注释】

①李唐：唐朝皇帝姓李，故称李唐。

每至夏日，池塘中便铺满碧绿荷叶，摇曳娇媚莲花。清晨之时，如若有清风拂来，池中便是碧波万顷，莲花婀娜生姿。这般景致并非画家笔中的翰墨丹青，亦不是浪漫诗人吟出的婉转小诗，而是荒蛮世间独存的一抹绿意、一方净土。

莲花不似牡丹那般雍容华贵，不如蔷薇那般娇艳缱绻，不像梅花那样傲骨铮铮，更不如桂花那般十里飘香。但它因洁身吐芳的品质，以不与世同流的格调，获得了具有君子品性之人的青睐。北宋的周敦颐则深深为之着迷。

他为官清廉，不慕名利，而周遭之人，却只求富贵利达，耽于享乐之风。在这般是非颠倒、黑白不分的境遇中，欲要独善其身，除却逃避与远离，唯有无谄媚之态，无媚世之意，不随波逐流，始终保持内心与外在的统一。莲花又何尝不是如此呢？

其花“出淤泥而不染，濯清涟而不妖”，莲之根深埋淤泥污垢中，嫩莲于其中长出时，却不沾染丝毫污迹，是那样洁净鲜美，清白无瑕。即便是长于清池中，莲花亦是那般典丽庄重、纯粹自然，绝不因环境优越便炫耀张扬、献媚取宠。

其茎“中通外直，不蔓不枝”，它内里通达，并不堵塞；外在正直，并非歪曲。不牵扯、不旁逸斜出，不拉拢勾结，更不牵扯攀附。

其味“香远益清”，一剪斜风吹过，清而淡的香味遥遥缭绕周身，缕缕可闻。

其株“亭亭净植，可远观而不可亵玩焉”，它卓然独立，凛然不可侵犯。只可在远处静静观赏，却不可就近无礼玩弄。这便是君子风度，傲然不群，气节高超。

如此看来，莲花有着挺拔秀丽的芳姿，有着清逸超群的美德，有着可敬磊落的风范，这如何不博得作者欣赏。他并不像陶渊明那样，在朝堂大道上行不通时，为保持一份高洁，便幽然隐居，过一种“采菊东篱下”的恬淡生活，终老南山。他誓要如莲花一般，在浑浊的世间做个出淤泥而不染的君子，始终保持高风亮节。故而，他在为官期间，能明断狱案，为民申冤；晚年定居庐山时，能著书名志，洁身自好。

只是世间多是贪慕富贵的俗人，像陶渊明这般真正隐逸的高士极少，而如他一般品格高尚的君子则更为罕见。

如想站在高处，总要忍受孤独。即便没有人做伴，自己也得一个人走下去。周敦颐在这个荒凉世间，终究要守护着高洁的志向，踽踽独行。

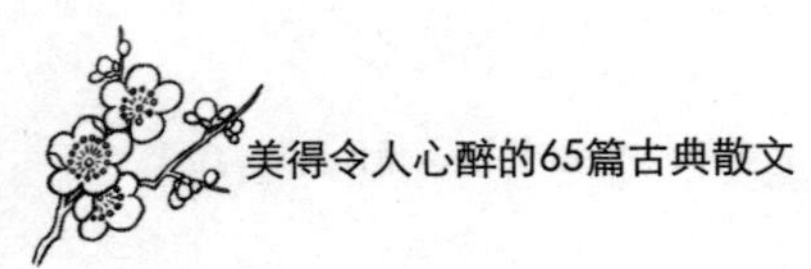

自我坚守，自我慰藉

钟惺《夏梅说》

梅之冷，易知也，然亦有极热之候。冬春冰雪，繁花粲粲，雅俗争赴，此其极热时也。三、四、五月，累累其实，和风甘雨之所加，而梅始冷矣。花实俱往，时维朱夏[①]，叶干相守，与烈日争，而梅之冷极矣。故夫看梅与咏梅者，未有于无花之时者也。

张谓[②]《官舍早梅》诗所咏者，花之终，实之始也。咏梅而及于实，斯已难矣，况叶乎？梅至于叶，而过时久矣。廷尉[③]董崇相官南都[④]，在告[⑤]，有夏梅诗，始及于叶。何者？舍叶无所谓夏梅也。予为梅感此谊，属[⑥]同志者和焉，而为图卷以赠之。

夫世固有处极冷之时之地，而名实之权在焉。巧者乘间[⑦]赴之，有名实之得，而又无赴热之讥，此趋梅于冬春冰雪者之人也，乃真附热者也。苟真为热之所在，虽与地之极冷，而有所必辨焉。此咏夏梅意也。

【注释】

①朱夏：《尔雅·释天》里将夏季称为朱夏。

②张谓：唐代诗人，大历间曾任吏部侍郎一职，字正言。

③廷尉：汉时九卿之一，是掌管司法的官员。董崇相时任

南京大理寺丞，称其廷尉。

④南都：明成祖迁都北京后，以南京为南都，今江苏省南京市。

⑤在告：古代官员休假在家。

⑥属：通假字，同“嘱”。

⑦乘间：乘着间隙。

古时文人墨客提到梅花时，总免不了赞叹一番。它不同于牡丹的富丽，更不同于桃花的妖娆，而是一种淡雅与娴静之美。宋代的林逋爱梅至痴，甚至要以梅花为妻，相伴终老。那一句“疏影横斜水清浅，暗香浮动约黄昏”，便是他对梅花最为深情的表白。

除却美，梅花更有一股端凝之姿与清雅之态，它不屑与春日繁花为伍，自行赶在落雪的严冬盛开，这更引得人们竞相赞叹。王安石则在《梅》中，写下：“墙角数枝梅，凌寒独自开。遥知不足雪，为有暗香来。”简单小语，却写尽了寒梅风韵。

而钟惺却认为人们争先恐后地在凛冽寒风中踏雪寻梅，更多的是抱着附庸风雅的心态，以昭告众人自己的品味较之他人毫不逊色。他对此深感不屑，并着力观照了梅花在一年四季的“行市”。在三、四月份，春天来临，和风细雨，万物复苏之时，梅花渐渐开始无人关注。及至炎热的夏日，许多花进入了繁盛期，而梅花此时仅剩下花叶兀自与炎阳争锋，彻底为人冷落。而那些赏梅与咏梅之人，却没有一个是在梅花最不景气、最不起眼之时关注它们的。

梅花命运尚且如此，更何况梅叶。病休在家的廷尉董崇

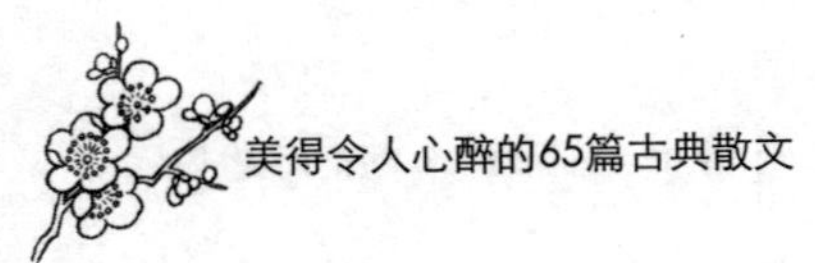

相，曾写过一首夏梅诗，钟惺对此深有体会，便与他和了一首诗：“话也不想见，代为终岁荣。谁能将素质，还以敌朱明。坐卧已无暑，色香如尚清。始知幽艳物，不独雪霜情。”无叶哪得花，唯有花与叶两两相配，才能构成完满的整体。因此钟惺关注花叶，并将董崇相引为知己，并作画一幅相赠。

赏梅活动成为一种“风俗”之后，便能从其中体会到世态人情。处于冰雪极寒之地的梅花，被赋予了高洁之名，吸引人们纷纷去观赏，由此让自己也能博得个“不俗”之誉。此类人自以为风雅，殊不知此般举动已流于趋炎附势，毫无骨气与品味可言。而有些人虽居于名利场中的高位，却依旧境遇清冷，郁郁不得志。

钟惺正是那一类处于“热地”却“遇冷”的人。究其经历，虽不能算仕途失意，但他坚守自我，不愿丧失心性与人同流合污，遂遭遇冷落，不得不虚耗年华。他之所以对“夏梅”情有独钟，正因“夏梅”是他人格的外化。

天气有冷热，人情有冷暖，世态有炎凉，身处其中，唯有自我坚守，自我慰藉，守护好内心那一片洁净如初的伊甸园。

莫大的审美与享受

李渔《芙蕖》（节选）

群葩当令时，只在花开之数日，前此后此皆属过而不问之秋[①]矣。芙蕖则不然：自荷钱[②]出水之日，便为点缀绿波；及其茎叶既生，则又日高日上，日上日妍。有风既作飘摇之态，无风亦呈袅娜之姿，是[③]我于花之未开，先享无穷逸致矣。迨[④]至菡萏[⑤]成花，娇姿欲滴，后先相继，自夏徂秋，此则在花为分内之事，在人为应得之资者也。及花之既谢，亦可告无罪于主人矣；乃复蒂下生蓬，蓬中结实，亭亭独立，犹似未开之花，与翠叶并擎，不至白露为霜而能事不已。此皆言其可目[⑥]者也。

【注释】

①秋：时节。

②荷钱：初生的小荷叶，因为形状如铜钱般大小，所以称荷钱。

③是：于是。

④迨：等到，及。

⑤菡萏：对荷花的别称。

⑥目：欣赏。

國香春霽
擬北宋徐熙寫生
時己巳夏日

莲花，以谦谦君子的姿态，在姹紫嫣红的群芳中可谓得天独厚，获得了清高之人的青睐。北宋周敦颐曾赞莲花高洁，并将其置于牡丹、菊花之上。几个世纪后，清代的李渔则以一篇《芙蕖》与周敦颐的《爱莲说》相比肩。然而，若论写莲之作，《爱莲说》在赞美莲花为“君子”的同时，也勉励自身，希望自己也具有莲花的品质，而李渔对莲花投以青眼，在于莲花之“可人”。莲花从绽放到凋谢，其生命给予了人们无尽的益处，李渔对此条分缕析，发掘并阐释了莲花在“出淤泥而不染，濯清涟而不妖”之外的另一重要品质——奉献。

世人赏莲、采莲，多是因其外表娇美而不艳丽，因其品质高洁而不庸俗，却少有人注意到它的实用价值。它尽态极妍是为“可目”；香气袭人是为“可鼻”；其本身是一味佳肴，因而“可口”；其“摘而藏之，又备经年裹物之用”，是为“可用”。李渔深入挖掘其内在价值，并将其精神意义还原到使用价值这一层面，确为在《爱莲说》外开拓出了另一番境界。

莲花之美不能不使人为之绝倒，最为引人注目也最有价值的也当属于此。李渔亦看到莲花的尽态极妍。

繁花一般在盛开之时，方才引得众人侧目。无论在花开之前，抑或是落红满地时，则少有人过问。莲花便不是这般，自荷钱出水之日起，它便将水波点缀成盈盈绿波，淋淋荡漾。含苞待放之时，茎与叶则渐渐生出，日益挺拔，日渐妍丽。有清风拂过，便随之飘荡摇曳，好似层层海浪；如若天地静默无风，它则呈现轻盈袅娜的姿态。故而，在莲花未开之时，世人便已饱尝了它无穷尽的逸致与神韵，待到它绽开盛

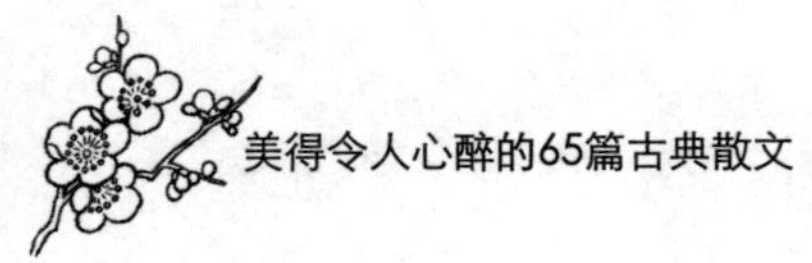

放时，一片片荷叶托起一朵朵娇艳欲滴的莲花，自炎炎夏日直至清凉秋天，它们都争先恐后地舒展自己的蓓蕾。这于莲花自身而言，不过是本性使然，而对世人来说，则是莫大的审美与享受了。

及至莲花开至荼蘼时，便在花蒂下生出莲蓬，莲蓬中再结出饱满的果实。它亭亭玉立，好似未曾开放的花朵一般，和翠绿欲滴的叶子并立于水面之上。直至白露时泛起白霜，它才会默默地消尽。如若世人亦如莲花一般从初生、待放、盛开、凋零，直至结果，都能让旁人赏心悦目，并对其有用，这一生真可无悔了。

莲花，自夏至秋，无时不美；其叶、茎、花、蓬，无物不美。只是美向来难以永恒，总是渐渐消遁、受损，在困顿中颠沛流离。莲花唯有找到安身的水塘，才能将美展示，或许寻得之时，它们已近乎枯萎。原来，美总是带着残忍与凉薄。

卷七　这一趟人生穿梭，不虚此行

人生即是一场修行，需要一次次走出生活中接连出现的困境。直面苦难、不临阵脱逃、不躲不避，如此高山亦会夷为平地，沧海亦能填成桑田。

穿过最深最绝望的子夜

左丘明《国语·勾践灭吴》（节选）

勾践说于国人曰："寡人不知其力之不足也，而又与大国执仇，以暴露百姓之骨于中原，此则寡人之罪也。寡人请更！"于是葬死者，问伤者，养生者；吊有忧，贺有喜；送往者，迎来者；去民之所恶，补民之不足。然后卑事夫差，宦士三百人于吴，其身亲为夫差前马。

勾践之地，南至于句无，北至于御儿，东至于鄞，西至于姑蔑，广运百里。乃致其父母、昆弟而誓之，曰："寡人闻古之贤君，四方之民归之，若水之归下也。今寡人不能，将帅二三子夫妇以蕃。"令壮者无取老妇，令老者无取壮妻；女子十七不嫁，其父母有罪；丈夫二十不娶，其父母有罪。将免者以告，公令医守之。生丈夫，二壶酒，一犬；生女子，二壶酒，一豚；生三人，公与之母[①]；生二人，公与之饩[②]。当室者死，三年释其政；支子[③]死，三月释其政：必哭泣葬埋之，如其子。令孤子、寡妇、疾疹、贫病者，纳宦其子。其达士，洁其居，美其服，饱其食，而摩厉[④]之于义。四方之士来者，必庙礼之。勾践载稻与脂于舟以行，国之孺子之游者，无不铺也，无不歠[⑤]也，必问其名。非其身之所种则不食，非其夫人之所织则不衣。十年不收于国，民俱有三年之食。

【注释】

①母：指乳母。

②饩（xì）：赠送的粮食。

③支子：在古代，除了嫡长子和继承先祖之子，其余儿子为支子。

④摩厉：同“磨砺”。

⑤歠（chuò）：同“啜”。

若要提及古时可称之为传奇的征战，勾践卧薪尝胆一举灭吴之事，是无论如何也无法绕过去的。越王勾践忍辱偷生的艰难，卷土重来的风采；夫差灭越后寻欢作乐的骄奢，奴役越国之主的傲慢；西施倾国倾城的容颜，无可归依的下场，都是为这场战事添了三分旖旎姿态。

在吴王夫差治下，吴国的极盛与极衰一起演绎。他的父亲吴王阖闾出兵攻打越国，败于勾践，重伤而归。临终前他嘱咐夫差，一要兴盛国家，二要为父报仇。于是，从即位第一天，夫差就背上了国恨家仇的重担。他励精图治，秣马厉兵，终于大败越国，勾践亲来求和，并臣事吴王，后来才被赦归返越。吴国的盛与越国的衰是相对应的，又不过几年时光，这番光景就做了颠倒。后来，夫差奢靡无度，而勾践卧薪尝胆，实行“十年生聚、十年教训”的谋略，励精图治，誓要将失去的江山，再归于自己名下。

尽管越国谋士范蠡早已看出勾践，可以同忧患而难以共享欢愉，在复国大计完成之后，便急流勇退，泛一叶扁舟五湖遨游，从此不问政事。但勾践在反败为胜的路上，那坚定的步伐终究值得肯定。

因与吴国作战失利，致使百姓流离失所，横尸遍野。勾践首先安葬去世之人，慰问受伤之人，供养存活之人，凭吊死伤之家，恭贺有喜之所，欢送远行之人，恭迎归来之人，去除人所共恶，补充人所共乏。如此以聚合民心，让黎民在悲痛中获得力量，在低迷中受到鼓舞。而自己则忍辱负重，充当夫差的马前卒，低眉折腰地在吴国服役，长达三年之久。

欲要趋向光明，必得穿过最深最绝望的子夜。勾践在败退到灭吴的二十二年间，无一日不想雪耻之事。他效仿古时贤明的君主，率领夫妇们繁衍生息，以便让地方的百姓都归附于他。青壮年不准娶老妇人，老年人不准娶年轻的妻子，女子要早些出嫁，男子要早些娶妻。分娩之人会受到相应奖励，孩子去世后亦可享受相应补恤。发展教育、供养明智之人，欢迎投奔之人。对于流浪儿童，供给其粮食、饮水，问其姓名。吃自己耕种的粮食，穿自己夫人织的布，想必连续十年不收税，黎民定有足够的粮食。

上天终究不会亏待如此用心用力治理国家的人。终于，公元前473年，勾践灭吴，夫差自缢。至此，历史的幕布徐徐拉合，退避到舞台之后，然而勾践为收复南到句无，北到御儿，东到鄞，西到姑蔑，方圆百里的江山做出的努力与隐忍，依旧透过那层蒙了尘埃的幕布，散出微微光亮，让人忍不住一再掀起它，去品味其中的孤独与毅力。

自我与外界的和谐

庄子《秋水》（节选）

秋水时至，百川灌河；泾流之大，两涘渚崖之间，不辩①牛马。于是焉，河伯欣然自喜，以天下之美为尽在己；顺流而东行，至于北海；东面而视，不见水端。于是焉河伯始旋其面目，望洋向若而叹曰："野语有之曰'闻道百，以为莫己若'者，我之谓也。且夫我尝闻少仲尼之闻而轻伯夷②之义者，始吾弗信；今我睹子之难穷也，吾非至于子之门，则殆矣。吾长见笑于大方之家。"

【注释】

①不辩：分不清。

②伯夷：古人崇尚的节义高尚之士，商孤竹君之子。

黑夜覆盖一切，尽头即是没有边缘的大海，潮水涌动猛烈冲向岸边巨大的礁岩，撞击出汹涌的浪花，迸发出惊天动地的声响，此为有力量的自然界。江水漫过平原，跌进山谷，掉入深渊，后又在积蓄中咆哮而出，浩浩荡荡奔向大海；群山伫立原地，无论原地是从不结冰的热带，还是白雪皑皑的北极，它都守护着最初的姿态，此为动态与静止的永恒。

而人类在自然界与永恒中，不过是蜉蝣一样的存在，渺

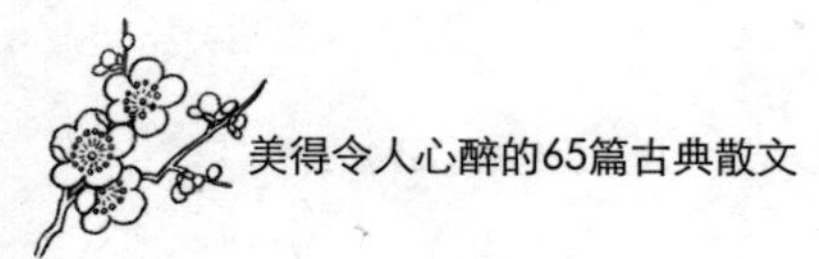

小、脆弱、短暂。人生之路，几十载，我们从自然中穿行，看过无限或繁华或荒凉的景致，却因心中只重自我，而少能领略其中的真善美。只觉生命如此短暂，终会消逝，倒不如以唯我独尊的方式，为身外之物汲汲奔走，却不懂得永恒存在的唯有内在的心性与灵魂。

自然与永恒，尚有谦卑的姿态，而世人却在自高自大自满中，换了一代又一代。

古时圣人庄子早就参透了其中道理，故而他写下《秋水》，以警告自己以及后人，随时清理自己的内心，逐出早已消化的、无用的东西，添置还未接触的、新鲜的事物，如此方能保持身与心的平衡、自我与外界的和谐。

及至秋天，季节性洪水，从各个小河流汇入黄河。水流巨大，两岸的水边、洲岛之间，瞬间变得漫漶不清，就连牛与马都分辨不出。此时，河伯欣然自喜是难免的，只是这种欣喜中却带有强烈的自傲，甚至认为天下的美景全部集中在自己这里。

但当他顺流而行，直至北海时，一眼望去，不见其边际，而后便意识到自己的浅薄，于是对海神发出“吾长见笑于大方之家”的感慨。

因有些许成绩与作为便沾沾自喜，这是人之常情，河伯自然也不能免俗。而令人敬佩的是，当他看到无垠无边的大海时，并非自怨自艾，或是对他人投以嫉妒与诋毁之意，而是即刻自省，在对比中看到旁人的长处，找到自身的不足。

天地恒大，广袤无边，即便如孔子、伯夷这般圣人，亦有不足之处，何况是凡夫俗子？

爱尔兰剧作家萧伯纳曾说：“读书越多越感到自己无

知。”诚然如此，唯有对万物心存敬畏之心，方才不至于做了井底之蛙还不自知。所谓“敬”，即是万物平等一体，不存骄傲之心，不自认为高人一等；所谓“畏”，即是感知自我不过是沧海一粟、世间尘埃，以退避之心、谦卑之姿，寻求更为广阔的天地。

自然界有自己运行的规则与方式，世人生在其中，唯有低下头来，先看清楚自己，而后才能说这一趟人生穿梭，不虚此行。

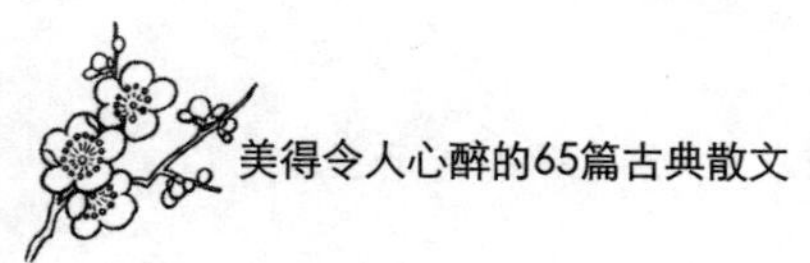

人生即是一场修行

列子《愚公移山》（节选）

北山愚公者，年且九十，面山而居。惩[①]山北之塞，出入之迂也，聚室而谋，曰：“吾与汝毕力平险，指[②]通豫南，达于汉阴，可乎？”杂然相许[③]。其妻献疑曰：“以君之力，曾不能损魁父[④]之丘，如太行、王屋何？且焉置土石？”杂曰：“投诸渤海之尾，隐土[⑤]之北。”遂率子孙荷担者三夫，叩石垦壤，箕畚[⑥]运于渤海之尾。邻人京城[⑦]氏之孀妻有遗男，始龀[⑧]，跳往助之。寒暑易节，始一反焉。

河曲智叟笑而止之，曰：“甚矣，汝之不惠。以残年余力，曾不能毁山之一毛，其如土石何？”北山愚公长息曰：“汝心之固，固不可彻[⑨]，曾不若孀妻弱子。虽我之死，有子存焉；子又生孙，孙又生子；子又有子，子又有孙；子子孙孙，无穷匮也；而山不加增，何苦而不平？”河曲智叟亡[⑩]以应。

【注释】

①惩：苦于。

②指：直。

③许：赞许，认同。

④魁父：山名。

⑤隐土：地名，见于古代传说。

⑥箕畚（jī běn）：一种用竹篾或柳条编成的运土器具，这里是用箕畚装土石的意思。

⑦京城：姓。

⑧龀（chèn）：小孩儿换牙。

⑨彻：通。

⑩亡：同“无”，没有。

“听起来是奇闻，讲起来是笑谈。”这首名为《愚公移山》的歌曲，这般形容愚公移山这番举动。太行、王屋二山高且大，若要搬移挪动，没有强大的意志、坚持不懈的恒心，真算得上一则奇闻，即便下定决心后，旁人谈论起来时，也不免讥笑一番。

而年近九十岁的愚公，苦于大山北面交通不便，进进出出都要绕远路，便召集全家来商量说：“我跟你们竭尽全力铲除险峻的大山，使道路一直通向豫州的南部，达到汉水南岸，可否？”家人听闻此言，纷纷表示赞成。继而妻子则提出疑问，削平魁父这座小山尚且苦难，更何况是太行、王屋这两座高山呢？即便此项决议通过，那挖出的土石又要放到哪里去呢？而众人纷纷说：“叩石垦壤，箕畚运于渤海之尾”。问题得以解决，便付诸行动。

凿石挖土，用簸箕装了土石运到渤海边上，此是最为日常也最为基本的行动。甚至邻家刚刚换牙的小孩，也蹦蹦跳跳地前去帮忙。夏冬轮回，才往返一次。

而正当愚公一家干得如火如荼时，智叟却对其回以轻蔑与不屑。他质问愚公：“以残年余力，曾不能毁山之一毛，其如

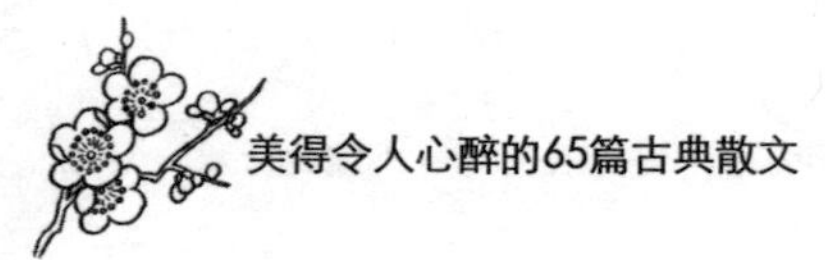

土石何？”残烛之年，生命所剩无几，或许连山上一株草都不能毁掉，又何谈搬动泥土、石头。智叟本以为自己这番话，定会让愚公放弃这项愚蠢的任务，不料愚公报以一声长叹后，一番“子孙相继”的答话使得智叟无言以对。

山纵然高大，但以静止的姿态屹立世间；人类即便渺小如沧海一粟，而子子孙孙无穷无涯，终有一日，他们会以毅力、坚韧将这座山移到他们所期待的地方。不同的人，因品性、价值观、经历各异，即便站在同一个地方，看到的风景也会有所差别。高山致使交通不便，愚公便生发移山之念，智叟却觉这不过是荒谬之谈，只需要绕路便可。故而，愚公在有生之年完成了移山的传说，而智叟却只得惶惶而终世，空手而来又空手而归。

人生即是一场修行，需要一次次走出生活中接连出现的困境。直面苦难、不临阵脱逃、不躲不避，如此高山亦会夷为平地，沧海亦能填成桑田。

每人心中都藏匿着一幅梦想蓝图

荀子《劝学篇》（节选）

积土成山，风雨兴焉[①]；积水成渊，蛟龙生焉；积善成德，而神明自得，圣心备焉。故不积跬步[②]，无以至千里；不积小流，无以成江海。骐骥[③]一跃，不能十步；驽马十驾[④]，功在不舍。锲[⑤]而舍之，朽木不折；锲而不舍，金石可镂[⑥]。蚓无爪牙之利，筋骨之强，上食埃土，下饮黄泉，用心一也。蟹六跪[⑦]而二螯[⑧]，非蛇鳝[⑨]之穴无可寄托者，用心躁也。

【注释】

①焉：在这里相当于一个介宾结构。

②跬步：半步。古代计量单位，跨出一脚为跬，再跨出一脚为步。

③骐骥：骏马，良驹。

④十驾：马拉着车走一天的路程叫一驾。

⑤锲：用刀刻。

⑥镂：刻，雕刻。

⑦跪：足。

⑧螯：蟹的第一对足，形状近似于钳子。

⑨鳝：黄鳝。

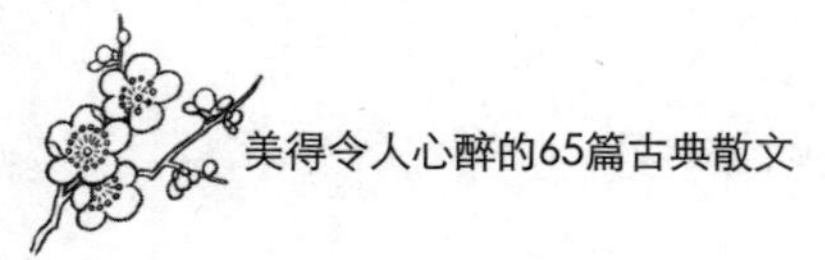

世上本无捷径，如若乘舟渡过人生这条汹涌的河流，唯有在风浪中日复一日地划桨，历经雨淋日晒，饱经风云变幻，唯有禁得住火一般的淬炼，方能渡到对岸，看一场绚烂烟花，赏一季柳绿花红。

都说绳锯木断、滴水穿石、一心一意是世界上最柔软也最坚韧的力量，懂得却不一定做到。因忍受不了路途中的孤独、艰辛、痛楚、苦难，半途而废者比比皆是。再远的路，只要坚持走，便能走到尽头；再高的山，唯有攀爬，才能站上山巅。滴水穿石，并非单纯是水的力量，而是坚持与耐心使然。水看似无力，自高处往下流淌，若遇棱角磐石，一次次冲刷，一次次打磨，直至其圆润光滑。

如此看来，世间并没有翻越不了的高山，也没有到达不了的远方，唯有肯不肯克服退却之心，与生命做一次有始有终的较量。

荀子知晓若要拨开眼前的层层迷雾，看清远方的美景，只得迈着坚定的步伐，一步步向前，置身于迷雾中，而后冲出迷雾。他作下的《劝学》即是宣扬，学无止境，积累即是打开人生门扉的钥匙。

世人皆能透过窗棂看到门外的风景，有小桥流水的雅致柔美，有山谷深涧的粗犷阔然，却因门扉紧锁，只得远远观望，而不能置身其中。如若不做出改变，用坚韧之心、强劲之力，日夜锻造出一把钥匙，则永远会困囿于小木屋中，穷尽寂寥而又黯然的一生。

“不积跬步，无以至千里；不积小流，无以成江海”，半步必然不能到达心所向往的地方，如若因不能即刻身处千里之外而伫立原地惆怅，那未来便与此刻一样令人生出倦怠。唯有不停积累，一滴水才能汇集成江河海洋，而不至于在炎炎盛阳下，挥发成不知飘浮于何处的、无形无色的气体。人生又何尝不是这般，不坚持前行则永远停滞，不坚持学习则渐渐退到人群身后，待到彼时，辜负的不仅仅是自己，还有前方锦瑟的时光与年华。

“锲而舍之，朽木不折；锲而不舍，金石可镂”，想必每人心中都藏匿着一幅梦想蓝图，有人用这张图纸指导方向，用坚持不懈的恒心为之保驾护航；而有人最初之时亦是信誓旦旦地要让蓝图在现实中得到清晰的印证，时日一久贪欢懒惰的性子便将其揉成一团，扔在了无人问津的角落，只是午夜梦回时才偶然想起已经落幕的梦想。

三毛曾经说过；“我来不及认真地年轻，待明白过来时，只能选择认真老去。”如若你还未拥有一颗静心、恒心，还不懂得珍惜一滴水的力量，何妨以当下为起点，以坚定、柔韧迈出第一步，跨出那扇隔断美景的门。

没有疑问，则没有突破

韩愈《师说》（节选）

古之学者必有师。师者，所以传道[①]受[②]业[③]解惑[④]也。人非生而知之者，孰能无惑？惑而不从师，其为惑也，终不解矣。生乎吾前，其闻道也，固先乎吾，吾从而师之；生乎吾后，其闻道也，亦先乎吾，吾从而师之。吾师道也，夫庸知其年之先后生于吾乎？是故无贵无贱，无长无少，道之所存，师之所存也。

【注释】

①道：指孔孟之道。

②受：通“授”。

③业：指以攻读儒家经典为主的学业。

④惑：指道与业两方面的疑问。

古时学校教育十分发达，春秋之时，孔子即提倡“有教无类”，兴办私学，扩大教育对象的范围；西汉武帝之时，推行儒学教育，不仅在长安兴办太学，且在郡国设立学校，逐渐建立起地方教育系统；隋唐之时，科举制度趋于完备，从中央到地方，建立起一整套学校体制。

如此重视教育，那也必定会尊师、重师，但因魏晋以来的门阀制度仍有沿袭，贵族子弟都入弘文馆、崇文馆、国子学，无论其学业如何，皆可做官。既然前途无忧，又何必真正将心沉下来在笔墨纸砚上下功夫。于他们而言，学习不过是玩乐的幌子，老师也不过是个摆设而已，哪里还会有半点不耻从师的氛围。柳宗元曾说："由魏晋氏以下，人益不事师。今之世，不闻有师；有辄哗笑之，以为狂人。独韩愈奋不顾流俗，犯笑侮，收召后学，作《师说》，因抗颜而为师；世果群怪聚骂，指目牵引，而增与为言辞。愈以是得狂名。"如此看来，韩愈作下这篇《师说》，倡言师道，难免会被贵族子弟扣上触犯流俗的帽子，但即便这般又如何，他从来都是不畏权贵，昂然走自己的路。

"师者，所以传道受业解惑也"。《古文观止》在此句后批云："一篇大纲领，具在于此。"诚然如此，在韩愈所言之"师"，并非弘文馆、国子学之内的老师，亦非"授之书而习其句读"的简单教书匠，而是指人格高尚、学有所成，能够传授道理、讲授课业、解答疑惑之人。

韩愈既以这样的人自我标榜，且又以好为人师而著称，《新唐书》本传提及他时，这般说："成就后进士，往往知名。经愈指授，皆称韩门弟子。"只是任凭他这样为教学付出时间与精力，仍是收效甚微，无力扭转彼时不良风气。

人们总是在解决疑难中，获得对外界以及自我的认知，脚步得以坚实，心灵得以丰满，梦想才有在现实中扎根的土壤。没有疑问，则没有突破，何谈成长、成熟？但如若有疑问，不去寻求答案，不去请教"师者"，这疑问除却搅得自身痛楚难耐，一无是处。

所谓可以称为老师的人，并无年龄的长幼与地位的贵贱。

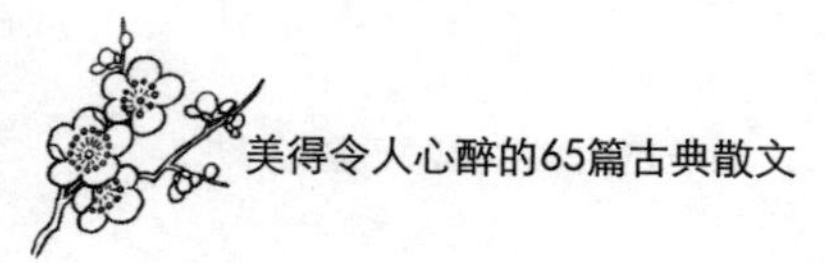

先于自己出生之人，“问道”必然早于自己，故而向“生于吾前”之人请教是自然而然的，而这并不意味着不必向“生乎吾后”之人学习，如若对方掌握可供自己借鉴和吸收的“道”，自然该主动向其请教。

人生因有缺失、遗憾、不足，故而要在黑暗中寻觅那一丝照亮心灵的光亮。它从来都是留有破洞的不完美，如若在寻觅途中坦诚自己的疑问，向任何可能提供指引与方向的人询问，这种有着缺憾的不完美，也并不是那么令人沮丧的事情，毕竟你在一步步趋向饱满的完美。

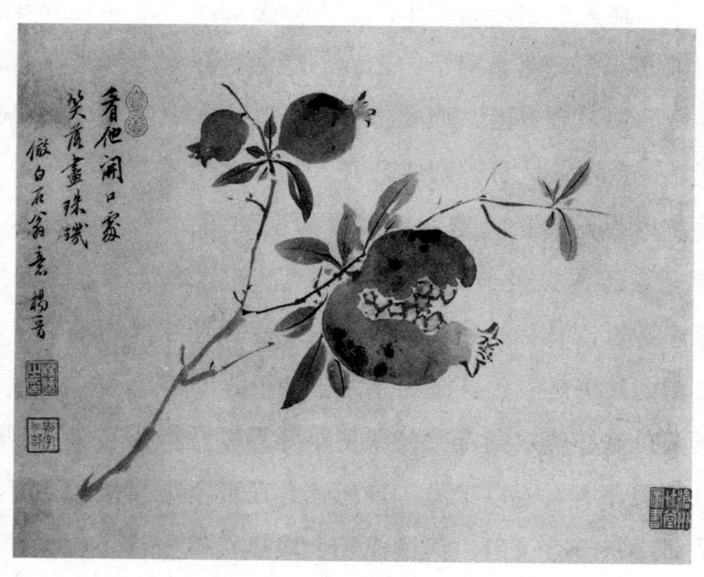

勉励世人苦学

曾巩《墨池记》（节选）

临川[①]之城东，有地隐然而高，以临于溪，曰新城。新城之上，有池洼然而方以长，曰王羲之之墨池[②]者，荀伯子[③]《临川记》云也。羲之尝慕张芝[④]，临池学书，池水尽黑，此为其故迹，岂信然邪？

方[⑤]羲之之不可强以仕，而尝极东方，出沧海[⑥]，以娱其意于山水之间；岂其徜徉肆恣，而又尝自休于此邪？羲之之书晚乃善，则其所能[⑦]，盖亦以精力自致者，非天成也。然后世未有能及者，岂其学不如彼邪？则学固岂可以少哉，况欲深造道德者邪？

【注释】

①临川：宋代抚州临川郡，今江西省临川区。

②墨池：相传为王羲之写字洗笔的水池。

③荀伯子：南朝宋颍阴（今河南许昌）人，曾任临川内史，著《临川记》六卷。

④张芝：字伯英，东汉酒泉（今甘肃酒泉）人。善章草，创今草，魏韦诞称他为“草圣”。王羲之对他的书法十分佩服。

⑤方：当……的时候。

⑥出沧海：游于东海。

⑦能：造诣。

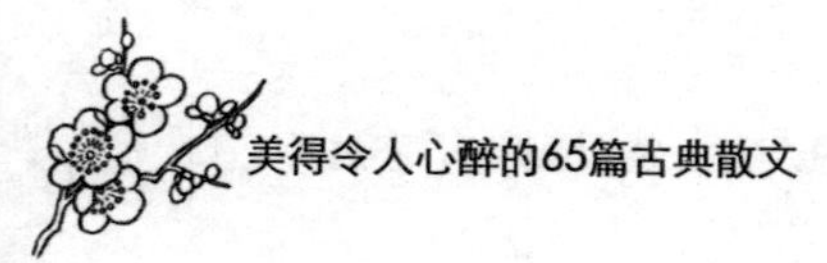

东晋王羲之历来被推为书法第一人，这一笔秋毫独领风骚的本领，并非与生俱来，而是用艰辛与刻苦作为代偿。大宋仁宗庆历八年（1048），曾巩来到临川凭吊这位“书圣”的墨池遗迹时，当地州学教授王盛请他就“晋王右军墨池”写一篇记文，曾巩便欣然命笔写下了这篇《墨池记》。

临川城东有块缓缓突起的高地，低而深的长方形池子，这便是王羲之墨池。东汉张芝曾苦学书法，把布写成了黑色再染制成黑衣穿上，练成了书法“草圣”。王羲之曾说：“张芝临池学书，池水尽黑，使人耽之若是，未必后之也。”可见张芝不仅练字把布染黑，更是临池学书，把池水染黑。故而，王羲之认为如若像张芝一样勤学苦练，定能赶上并超越他。许是王羲之为了追赶张芝首先效法了他在池中涮毛笔，因而成就了后来的墨池佳话。

历来传说王羲之苦练书法的墨池遗迹颇多，除却临川，尚有浙江、会稽等处的说法。而曾巩并非对此做深入探究，而是以“此为其故迹，岂信然邪”轻轻荡开，转而记述其人格。

《晋书》本传记载，王羲之青年时便享有很高的声誉，朝廷公卿数次推举他担任朝中的文职、军职，他皆推辞不就。世间多是汲汲于富贵之人，而他却清高耿介，不为名利牵绊丝毫。他畅游于名山大川之间，并泛舟出海，游遍东方诸郡，从而培养了清心寡欲、淡定自然的气质。

每一笔字，横撇竖捺，皆关乎气韵、品质、人格，屏气凝神方能挥洒出心中之字，书写人生之书。王羲之书法到了晚年才达到高深的造诣，是自少至老长时间专心致志、勤奋苦练之由，实在不是因他具有杰出的禀赋。然而后世书法没有谁能赶得上王羲之，许是他们功夫下的不如王羲之深，未能如他那般将池水染黑。学习下的功夫如此之少，更何况欲要深造道德取得高深成就的人呢？

南朝宋国虞和在书法专著《论书表》有一段记载：“羲之书在始末有奇，殊不胜庾翼，迨其末年，乃造其极。尝以章草书十纸，过亮，亮以示翼。翼叹服，因与羲之书云：‘吾昔有伯英章草书十纸，过江亡失，常痛妙迹永绝。忽见足下答家兄书，焕若神明，顿还旧观’。”这段记载了书法名家庾翼及其兄庾亮对王羲之草书的叹服，认为他完全可以与“草圣”张芝媲美。

《晋书》里还载：王羲之早年从卫夫人学书法，后草书改学张芝，正书改学钟繇，并博采众长，精研体势，一变汉魏以来质朴书风为妍美流便的新体；他“尤善隶书，为古今之冠。论者称其笔势，以为飘若浮云，矫若惊龙”。这些记载说明了王羲之的草书、正书在唐代以前就有绝佳定评，难怪曾巩专来凭吊“书圣”的墨池并为之深情作记。

沈德潜评本文时曾说：“用意或在题中，或出题外，令人徘徊赏之。”王羲之的书法令人艳羡，道德更让人敬佩，无论是怀念书法家，抑或是追慕先德，曾巩作此文无非一个“勉”字，勉励世人苦学，亦勉励世人追寻古贤的雅致风骨。

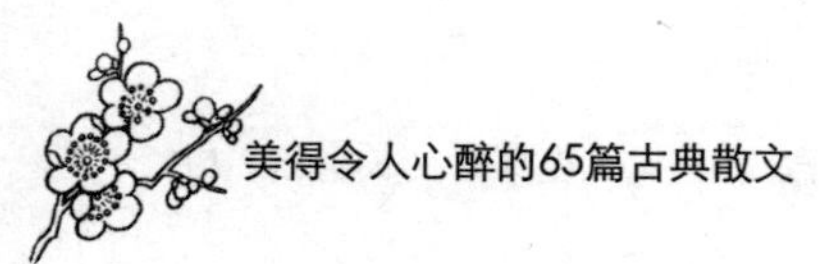

穿越幽深的黑暗

王安石《游褒禅山记》（节选）

于是予有叹焉。古人之观于天地、山川、草木、虫鱼、鸟兽，往往有得①，以②其求思之深而无不在也。夫夷③以近，则游者众；险以远，则至者少。而世之奇伟瑰怪非常之观，常在于险远，而人之所罕至焉。故非有志者不能至也。有志矣，不随以止也；然力不足者，亦不能至也。有志与力，而又不随以怠，至于幽暗昏惑而无物④以相⑤之，亦不能至也。然力足以至焉，于人为可讥，而在己为有悔。尽吾志也而不能至者，可以无悔矣，其孰能讥之乎？此予之所得也。

【注释】

①得：心得体会。

②以：因为。

③夷：平坦。

④物：外力，机缘。

⑤相：相帮。

想必练过瑜伽的人，最常听到的一句话便是：做到你的极限。所谓极限，并不是一成不变，在不断尝试之下，极限可以不停拓展，甚至可以说是无限。如若不尝试、不稳定、不专注、不坚韧，极限也不过是当下即能做到，再无发展的可能。

想要抵达心中所想之地，触到看似遥远的梦想，定要经历黑暗与痛楚。如同一列通往既定目的地的火车，必先穿过深邃悠长、毫无光亮的隧道。人生的天平，从来不偏不倚，向来公平得很。世间瑰丽多姿的风景，总是在险远之地，若欲置身其中，获得与众不同的感受，自然要付诸行动，穿越山川峡谷，蹚过江海溪流去探索那份风光盛宴。而懒惰之人，往往将渴望封锁在心中，让其渐渐沉入湖底，化为一片荒芜的青藻。

王安石在游历褒禅山后，更是对此深有体会，不禁后悔当初在力气与火把皆可支撑的情况下，未能游到尽头，观赏到让人最动容的景致，而让那份先前便有的期待，落满了尘埃。只是这份后悔，并非几声简单短促的叹息，而是转化成了思索与感悟。

众人的游行，多半在张扬与热闹中开始，在疲惫与倦怠中落幕，至于途中的风景，不过走马观花随便看看而已，而隐藏于山涧、空谷、高山等地的风景，因地势险要，不能轻易触及，便只得寂寞地将大美展示给天地，鲜有人能饱尝其瑰丽风采。唯有拥有坚忍探索志向之人，经过长途跋涉，历尽艰险，才能窥探到它别致惊人的美妙。

然而，仅仅“有志”远远不够。如若力量不足，亦会因困顿不得前行。远方的美景，也只得在心底隐隐招摇。本以为拥有到达险远之地的志向，且具备足够的体力，定然能置身于美景中，但王安石却说：“有志与力，而又不随以怠，至于幽暗昏惑而无物以相之，亦不能至也。”具备意志和力量还不够，

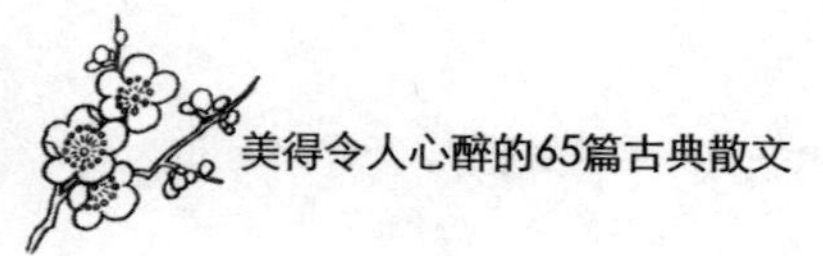

到了紧要处物质条件亦必不可少。

你若善待生命，生命必会以慈悲相报。所谓的运气，也定然是日积月累的辛劳所得的代偿。有志、有力、有物，方才有机会得到一场声、色、味俱全的盛宴。假如尽了主观努力而未能达到最深最远处，便无所懊悔，毕竟前行的路上，已经做到了最好的自己。然而，王安石有力量足以达到目的却未达到，自然会生出遗憾。

想必下一次再来游览褒禅山时，王安石定能拿着足够照明的火把，行至山的最深幽处，填补这一次的缺憾。

人生之书的彩章

宋濂《送东阳马生序》（节选）

今诸生学于太学[①]，县官[②]日有廪稍[③]之供，父母岁有裘[④]葛[⑤]之遗[⑥]，无冻馁之患矣；坐大厦之下而诵诗书，无奔走之劳矣；有司业[⑦]、博士[⑧]为之师，未有问而不告、求而不得者也。凡所宜有之书，皆集于此，不必若余之手录、假诸人[⑨]而后见也。其业有不精、德有不成者，非天质之卑，则心不若余之专耳，岂他人之过哉！

【注释】

①太学：古代设在京城的全国最高学府。

②县官：古指天子或者朝廷，这里指朝廷。

③廪（lǐn）稍：官府免费供给的粮食。

④裘：皮衣。

⑤葛：夏布衣服。

⑥遗（wèi）：给予。

⑦司业：相当于今之教务长，太学中祭酒（校长）之下，设司业。

⑧博士：太学中的老师。

⑨假诸人：假之于人，向人借。诸，之于的兼词。

在出生之日，每个生命都是一本只有封面而内里空白的书籍，封面与生俱来，世人无从改变，唯有精心策划好每一页，如何为人生做下最为恰当的注脚，在何处放入最为精美的插图，在何时该去尝试走一条婉曲却惊艳的道路，如此这本书才会在漫长的时间与广袤的空间中，阐释出独特丰饶的意义。

在一撇一捺书写人生时，所处的环境固然重要，毕竟它是存在的根基，是梦想的依托，但也仅仅如此而已。即便身处富丽堂皇的城堡，不曾受到狂风的阻挡、寒雨的浇淋、霜雪的封锁，恨不得在这般舒适境遇中昏睡百年，贪欢至死，这本书最终也只是徒有华美封面的无用之书。纵然暂时置身于茫茫黑夜中，唯有那轮有着阴晴变换的月亮可以做伴，也不必沮丧，内心微微发亮的烛光，终会指出一条通向彼岸的路。

宋濂知晓家贫是他这本人生之书的封面，无论他如何费尽心机，或是隐藏，或是修改，都无济于事。他能做的只是接受，而后翻开书页，一笔一画去填充、去改变、去创造。故而，他未曾因天寒地冻，而对学业有丝毫懈怠；未曾因路途遥远崎岖，而不去求师；亦未曾因在衣食上与旁人有所差别，而生出自卑之意。他是以虔诚、以勤奋、以自主之心，坦然承担命运所交付的重任与使命，最终中进士，走上黄金铺地、玉石为阶的仕途，与高启、刘基并称为“明初诗文三大家”，在人生之书中作下了明丽的彩章。

恰与其走着相反道路的太学生，“县官曰有廪稍之供，父母岁有裘葛之遗”，没有挨冻受饿的忧患；“坐大厦之下而诵诗书”，没有东奔西走的劳累；“有司业、博士为之师”，没有求师的烦恼；“凡所宜有之书，皆集于此”，没有借书、抄书的痛苦。条件如此之优越，如若他们的学业还有不精通，品德还未有所成就，这并不是天资低下，也不是旁人的过错，不过是因自己贪图享乐，而心有所不专罢了。

那些美好的初衷，好似生于连绵群山之巅的一朵清幽梅花，每个人最初都想攀上山巅，采撷下来，以装饰书页，却因贪玩的本性，在半路中流连于两侧美景，终究与那份最初的愿景，背道而驰。

从不否认生命中那些本就存在或突如其来的无常，会让人生之书的写作陷入困顿、萎靡，甚至停滞，但如若将这些残缺、遗憾，当作找回希望的动力，让其成为成功之时的见证，想必生命会因此而晕染出别样动人的色泽。

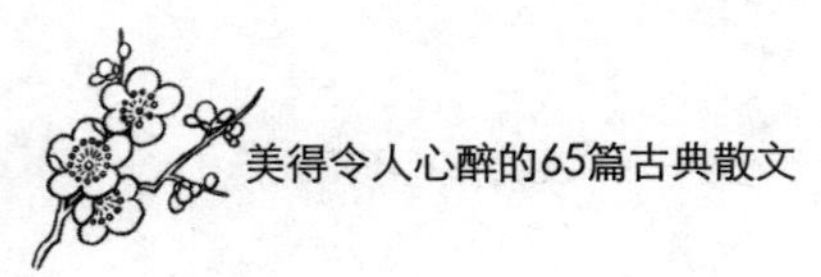

依依惜别，再相聚

王安石《同学一首别子固》

江之南有贤人焉，字子固[①]，非今所谓贤人者，予慕而友之。淮之南有贤人焉，字正之[②]，非今所谓贤人者，予慕而友之。二贤人者，足未尝相过也，口未尝相语也，辞币未尝相接也，其师若友，岂尽同哉？予考其言行，其不相似者，何其少也！曰：学圣人而已矣。学圣人，则其师若友，必学圣人者。圣人之言行，岂有二哉？其相似也适然。

予在淮南，为正之道子固，正之不予疑也。还江南，为子固道正之，子固亦以为然。予又知所谓贤人者，既相似，又相信不疑也。

子固作《怀友》一首遗予，其大略欲相扳以至乎中庸而后已。正之盖亦常云尔。夫安驱徐行，轥中庸之庭，而造于其堂，舍二贤人者而谁哉？予昔非敢自必其有至也，亦愿从事于左右焉尔。辅而进之，其可也。

噫！官有守，私有系，会合不可以常也。作《同学一首别子固》，以相警且相慰云。

【注释】

①子固：曾巩的字。

②正之：孙侔，字正之，一字少述，吴兴（今浙江湖州）人。刘敞荐以为扬州州学教授，辞而不赴。

题目中的“同学”，可以解作“共同学习”，在本文中的含义是“共同学习圣人之道”，子固即曾巩。仁宗庆历二年（1042），正值青年的王安石任签书淮南判官（任所在扬州），其和曾巩二人都怀抱远大的理想，志同道合，往来甚密。翌年三月王安石请假回江西临川（文中“江南”指此地）故乡。本篇就是王安石回江西与曾巩见面后再返扬州时写的送别之作。

开头以“江之南”“淮之南”分别各有贤人起笔，用以说明两个地方各有一人与自己相识相交。江南有一个曾子固，淮南有一个孙正之，他们两个人都超乎了当今世俗所说的那种贤人的境界，作者毫不掩饰地表达对两位好友的崇慕。正之指孙侔，作者在扬州时与他志同道合，结为好友。虽与曾巩和孙正之都是好友，但曾、孙两人未曾谋面。文中并行连举地叙述与两个人的交情，即把三个情趣相投、志同道合的人牵连到一起，为下文做出了铺垫。

虽是两人都与自己交往，但“二贤人者，足未尝相过也，口未尝相语也，辞币未尝相接也”，于此道出这两位贤人，不曾互相往来，也不曾互相交谈，还没有互相赠送过礼品，未曾见过面，只是神交而已。“其师若友，岂尽同哉？”作者以一个疑问句提起强调如此地异于普通超乎常理，文章至此掀起高潮。考察二人言行后，作者发现两人的不同之处竟然非常少，这就更加超越常理。

蓄势弓满后作者给出了答案：“学圣人而已矣。学圣人，则其师若友，必学圣人者。圣人之言行，岂有二哉？其相似也适然。”十分鲜明地推出了全文的主调：这是他们学习圣人的“同学”结果。由此揭示出“同学”的深刻含义：真正的“同

黄金布地梵王家
白玉成林腊後花
對酒不妨還弄墨
一枝清影寫横斜

学”是共同授业于圣人的同道中人，而不在于是否同堂、有否交谈、有否来往。能够致力于学习圣人之道而取得一致的志向，便是“同学”“贤人”，便成莫逆。

下文接着阐述曾、孙两人的相似相通之处。作者在淮南和回到江南分别向两人谈到对方，尽管他们从没有过当面接触，却都相信作者对各自的互为介绍，这种“相信”又再表现出是共同学习圣人的结果。于是作者对二人赞扬：“被人们认为是贤人者，他们的言行既相似，又互相信任而不猜疑。”

下文从两位贤人的共同志向引出自己与他们共同努力的愿望。先是说曾子固写了《怀友》一文赠给自己，表示希望互相帮助以便达到“中庸”；又称孙正之也经常这样说；而自己过去也想过要达到这种境界。三人如此志同道合，那么就携起手来，互相帮助，驾着车子稳步前进，越过中庸的门庭而进入内室。

所谓“中庸”，是儒家主张的一种待人接物采取不偏不倚、调和折中的态度。作者这里所说的“中庸”更进一层，应是指不偏不变地理解圣人思想的精髓。儒家以“中庸”作为道德标准，作者认为“中庸”之道是圣人的行为，是一种人生追求的至高境界。到这里，作者把三人“同学”于圣人以至乎“中庸”的意思完全表达清楚。文内的“至乎中庸而后已”，既表达了作者对曾巩、孙侔的真挚友情，又反映出了自己追求至高境界的远大志向。

末段道出了写作本文的缘由。作者为职守所限，个人的私事又牵挂，因而之间不能经常相聚，作《同学一首别子固》来互勉，点出了文题中的“别”字，表达了分手依依惜别之意。

此别之前，曾巩在《怀友》中向作者表达自己“至乎中庸而后已”的志向以及与友共同努力的愿望。本篇的中心内容是对曾巩所示志向和愿望的回应，又提出孙侔是“同学”的最佳人选，希望三个人相互交流思想，相互勉励，以朝着圣人中庸的境界努力。

作为一篇道别文章，本文温文尔雅，娓娓道来，情致逸逸然。文章构架上，从自己与曾、孙两人分别的关系着笔，形成平行的双线结构，将与曾巩素未谋面的孙侔始终牵在一起，读来犹如观赏三人一桌的文酒会，具有异样的风情。

卷八　历史总是这般教人遗憾

历史总是这般让人遗憾，美人香草永远都在对岸隐隐招摇，而此岸的人，却如何也不能渡船而过，将美人拥在怀里，将香草采撷到手中。

烛之武的高明之处

左丘明《左传·烛之武退秦师》(节选)

夜缒[①]而出。见秦伯曰:“秦、晋围郑,郑既知亡矣。若亡郑而有益于君,敢以烦执事[②]。越国以鄙远,君知其难也;焉用亡郑以陪[③]邻?邻之厚,君之薄也。若舍郑以为东道主[④],行李之往来,共[⑤]其乏困,君亦无所害。且君尝为晋君赐矣,许君焦、瑕[⑥],朝济而夕设版焉,君之所知也。夫晋,何厌之有?既东封郑,又欲肆其西封;若不阙[⑦]秦,将焉取之?阙秦以利晋,唯君图之。”

秦伯说[⑧],与郑人盟。使杞子、逢孙、杨孙戍之,乃还。

子犯请击之。公曰:“不可!微夫人[⑨]之力不及此。因人之力而敝[⑩]之,不仁;失其所与,不知;以乱易整,不武。吾其还也。”亦去之。

【注释】

①缒(zhuì):用绳索拴住人或物从上往下放。此处指烛之武从城墙上攀绳而下。

②执事:指办事的官员,这里指秦伯本人,表示客气。

③陪:增加。

④东道主:因郑国在秦国以东,故此处指郑国是东方道路上的主人。后世以东道主指代主人。

⑤共：同“供”，供应。

⑥焦、瑕：地名，在今河南省陕县附近。

⑦阙：亏损。

⑧说：同“悦”，此处指欣然同意的样子。

⑨微夫人：假如不是那个人。

⑩敝：坏，指损害。

世人常言，弱国无外交。但春秋末期弱小的郑国，却只凭烛之武的三寸不烂之舌，便扭转了时局，成为一段佳话，实在令人震惊。

彼时面对秦、晋两国大兵压境，弱小的郑国既无强大兵力，亦无坚固城池，守城自然守不住，杀出去也只有亡国的结局。在国家生死存亡的紧要关头，烛之武只靠一己之力便退秦晋大军，拯救了郑国。

根据冯梦龙所著的《东周列国演义》所载，烛之武为三朝老臣，但始终得不到晋升，一直担任养马的长官，此次被推荐时，已年过七十。长久浸泡在愤懑中，此时他已两鬓斑白，步履蹒跚，即便满腹才华，想必此时也已被岁月消磨殆尽。但他“夜缒而出”，孤身一人迎面走向秦兵时，气定神闲，踌躇满志。

见到秦穆公后，他并未苦苦哀求，放郑国一条生路，又未严词厉问，为何要攻打郑国，而是以置身事外的超然姿态，条分缕析，逐步将秦穆公拉入自己设下的陷阱，以精当的言语，抵挡万千士兵。他先是向秦国示弱，秦国与晋国围攻郑国，郑国必然会灭亡，如若灭掉郑国对秦国有好处，那便“敢以烦执事”，麻烦秦国来做这件事吧，仿佛无视本国利

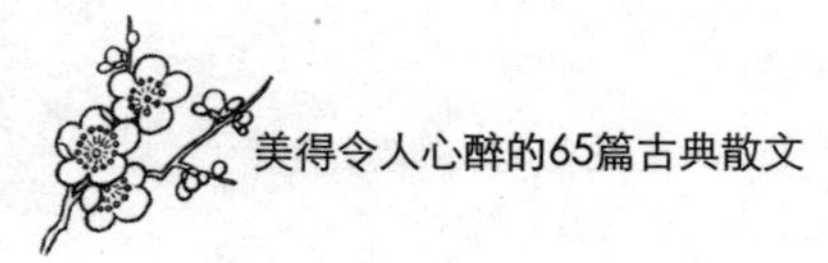

益，可谓是惊心动魄。这种以退为进的辞令方式正是烛之武的高明之处。

而后，依然面不改色地将三国关系清楚阐明，秦在西，郑在东，晋夹在二者之间，因此秦国是要越过一个国家，以遥远的郑国作为边邑，这无疑增加了秦国攻伐郑国的难度。况且将郑国灭亡之后，郑国的土地不会为秦所得，反被晋利用。想必这般费力不讨好的事情，智慧与实力并存的秦国，是不会做出的。“焉用亡郑以陪邻？”烛之武如是说。他不谈己之得失，而完全从对方立场上考虑问题，又进一步突破秦穆公的心理防线。

如若秦国能慈悲保全郑国，使其成为“东道主”，那么使者往来时遇到馆舍资粮不足的情况，郑国自会助一臂之力，使秦国获利。在陈述完眼前利害关系后，烛之武又从历史中寻找晋国的不可信。二十年前，晋公子夷吾流亡到秦国，得到秦穆公的接待和帮助，最后成为一国之君，于是夷吾答应给秦国焦、瑕两地作为报答。然而，夷吾早上渡过黄河归国，傍晚就修筑，防御工事，不再实现给秦国的允诺。晋国曾经失信于秦国，如今再次拆桥，并非完全不可能。

到此为止，想必秦穆公已然被烛之武打动，但烛之武毫不放松，又抛给晋国一记耳光：“夫晋，何厌之有？既东封郑，又欲肆其西封；若不阙秦，将焉取之？”则两个反问，语气急切，字挟风雷，直截了当地说明晋国必将损害秦的利益，以满足自己的兼并欲望。最终言及秦国时，一转前一句激烈的态度，给对方留下思考的余地，可谓张弛有度。

烛之武有勇有谋、能言善辩的外交才能，至此发挥得淋漓尽致，令人信服，秦穆公也的确被说服了，欣悦地与郑国结盟，撤军回国，只留下杞子、逢孙、杨孙三位秦国大夫在郑国戍守。而在晋国方面，尽管还有子犯请战，但晋文公一番“不仁、不知、不武”的冷静分析与理性判决，可见晋伯亦是一个冷静明智、明辨是非之人。就是这一番巧言令色，不劳一兵一卒，便让国家化危为安。

战国时赵国蔺相如大智大勇，完璧归赵；三国时蜀国邓芝从容淡定，与吴国联盟。细数历史中出色的外交官，无一不擅长辞令。语言，如若运用得当，往往比兵卒更有力量。

不飞则已，一飞冲天

刘向《战国策·邹忌讽齐王纳谏》(节选)

明日，徐公来。孰[①]视之，自以为不如；窥镜而自视，又弗如[②]远甚。暮寝而思之，曰："吾妻之美我者，私[③]我也；妾之美我者，畏我也；客之美我者，欲有求于我也。"

于是入朝见威王，曰："臣诚知不如徐公美。臣之妻私臣，臣之妾畏臣，臣之客欲有求于臣，皆以美于徐公。今齐地方千里，百二十城。宫妇左右，莫不私王；朝廷之臣，莫不畏王；四境之内，莫不有求于王：由此观之，王之蔽[④]甚矣！"

王曰："善。"乃下令："群臣吏民，能面刺寡人之过者，受上赏；上书谏寡人者，受中赏；能谤讥于市朝[⑤]，闻寡人之耳者，受下赏。"令初下，群臣进谏，门庭若市；数月之后，时时而间进[⑥]；期年[⑦]之后，虽欲言，无可进者。

燕、赵、韩、魏闻之，皆朝于齐。此所谓战胜于朝廷。

【注释】

①孰：同"熟"，仔细。

②弗如：不如。

③私：偏爱。

④蔽：（受）蒙蔽。

⑤市朝：指代公共场所。

⑥间（jiàn）进：指偶尔进谏。

⑦期（jī）年：一整年。

人们常用“貌似潘安”来夸赞一个男人的美貌，潘安俨然成了千古美男的代言人。殊不知，在此以前，齐国的邹忌早就以“形貌昳丽”著称，自是长得漂亮，而且气度不凡。凭借美貌，在社会自足之人，并不在少数，邹忌之所以在朝堂上的地位如此牢固，除却夺人的姿容，自然还有高人一等的智慧。

当他知晓城北也有一位美男子时，便忍不住向周遭人询问，他与徐公相比，谁的相貌更为出众。而妻妾和来客都异口同声地说邹忌比徐公更美。恭维的话自然是中听，但邹忌并非浅薄之人，并非为几句包着糖纸的蜜语便不知天高地厚，他更相信亲眼看到的东西。

故而，次日徐公来到邹府后，邹忌自己观察了徐公的相貌，认为自己不如对方。在“窥镜而自视”之后，更觉自己确实差出徐公很多。如此一来，周遭之人对他的评价不过是阿谀奉承与隐瞒蒙蔽，在深入思考之后，他从中得出结论：“吾妻之美我者，私我也；妾之美我者，畏我也；客之美我者，欲有求于我也。”徐公貌美不假，但与徐公相比略显逊色，此是事实。而妻子因为爱他，小妾因为怕他，来客因为有求于他，便都认为邹忌比徐公更美。

这不过是家庭琐事一桩，而邹忌却由媲美联想到朝堂之事，难怪齐威王会如此宠信于他。“入朝见威王”后，他先是如话家常一般，对威王说明自己与徐公比美得到的体会，而后话锋一转，便从家事转移到国事之上，继续对齐王说：“如

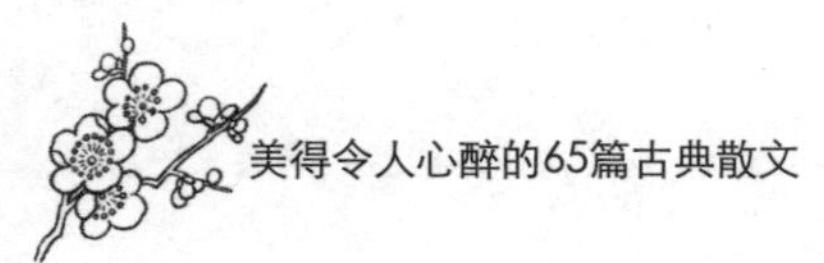

今，齐国的土地方圆千里，有一百二十座城池，您身边的人没有不爱您的，朝廷上的大臣没有不害怕您的，国境之内没有不有求于您的。故而，您所受到的蒙蔽甚为严重啊。”

齐威王并非昏庸之人，曾下“不飞则已，一飞冲天；不鸣则已，一鸣惊人”的决心，将国家治理得风调雨顺、物阜民丰，听到邹忌这番肺腑之言，自然会欣然接受，并下达命令：“群臣百姓，能够当面指出国君过失的，受上等的奖赏；能够上书进谏的，受中等的奖赏；能够在市井朝堂之中发表议论，并让国君听到的，受下等的奖赏。”此令一出，“群臣进谏，门庭若市”，过了几个月乃至一年之后，各种各样的进谏越来越少，直到再没有什么值得进谏了。正因此，齐国的实力日益强大，在齐威王晚年之时，齐国成为诸侯国中最为强盛的国家。

理智虽然干脆、劲直、冷峻，但常常会被缠绵、委婉、柔软的情感所蒙蔽。幸然邹忌未沉溺在夸赞、褒誉中，而是在思索之后，拨开眼前层层迷雾，揭开现实的面纱，走到齐王面前，果断而利落地说出他心中所想。最终，“燕、赵、韩、魏闻之，皆朝于齐。此所谓战胜于朝廷”。这算是应了他的良愿：国君虚心纳谏，臣子刚直不阿，最终齐国称霸中原。

皆是因爱而起

刘向《战国策·触龙说赵太后》（节选）

左师公曰："今三世以前，至于赵之为赵，赵主之子孙侯者，其继有在者乎？"曰："无有。"曰："微独赵，诸侯有在者乎？"曰："老妇不闻也。""此其近者祸及身，远者及其子孙。岂人主之子孙则必不善哉？位尊而无功，奉厚而无劳，而挟重器多也。今媪尊长安君之位，而封之以膏腴[①]之地，多予之重器[②]，而不及今令有功于国，一旦山陵崩[③]，长安君何以自托于赵？老臣以媪为长安君计短也，故以为其爱不若燕后。"太后曰："诺。恣[④]君之所使之。"于是，为长安君约车百乘，质于齐，齐兵乃出。

【注释】

①膏腴（yú）：肥沃。

②重器：宝物。

③山陵崩：比喻君主去世，此处指赵太后去世。

④恣：任凭。

公元前266年，赵惠文王去世，其子孝成王继承王位。因其尚且年幼，无力操持政事，因此由赵威后执政。彼时的赵国，虽有廉颇、蔺相如等人为国出谋划策，但国内仍是动荡不

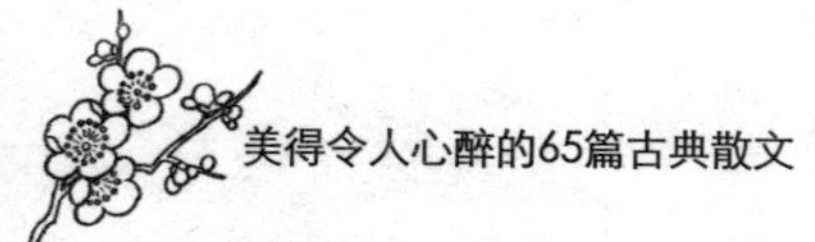

安，国势大不如前。秦国乘机进攻，一举攻占赵国三座城池，赵国危在旦夕，不得不向齐国求援。齐国虽应允，但要求以赵太后的小儿子长安君为人质。

赵威后作为执政者，在国家危亡之际，及时向齐国求救，以期望在对方协助下渡过危机，在对方提出条件时，只要无损于国家利益，就应该答应。而作为一个母亲，她自然又有着对孩子宠爱甚至溺爱的一面，这本无可厚非，但她的慈爱却要牺牲整个国家，这代价也未免有些沉重。忠心耿耿的老臣触龙，自然要阻止这种悲剧的产生，他有家有子，能体会赵威后的心理，更懂得如何去化解她的偏执。故而，在其他大臣劝说失败之时，他仍“入而徐趋”，动之以情，晓之以理，劝说赵威后，从而解除国家危机。

在做完层层铺垫，赵威

后的态度有所转变之后，触龙看准时机，向她问了两个问题：其一，从当下追溯到赵国立国时，当初赵国国主的后人如今可有继承王位的吗？其二，不止赵国，其他诸侯是否有此种现象？赵威后给予否定答案。在她一步步进入他设下的陷阱时，触龙进一步指出，立国者的子孙后代，之所以无法世代相继，是因这些后人身居高位而无功劳，俸禄优厚却无贡献，故而最终必然会被有功之人取而代之，无法保住王侯地位，甚至会招致杀身之祸。

如今长安君无功无劳，却被赋予尊贵的地位，封其丰厚的土地，赐予众多的宝物，却不趁着此时让他为国立功，树立威信，一旦赵威后驾崩，想必长安君也便失去了强大的支撑，无法在赵国站稳脚跟。触龙的进谏步步为营，无懈可击，最终说服了赵威后，长安君“质于齐，齐兵乃出”。

这分明是一个再平常不过的母亲，她竭尽全力宠爱着自己的孩子，倾尽全力将自己拥有的都给他，恨不得将全世界的光都聚拢到他身上。同时，她又是一个明智大度的母亲，在知晓一味溺爱并非对其有益时，她听从旁人的劝告，为他做出长远的打算，让他以当下受苦的方式，换取他明朗稳健的未来。而这一切，皆是因爱而起。

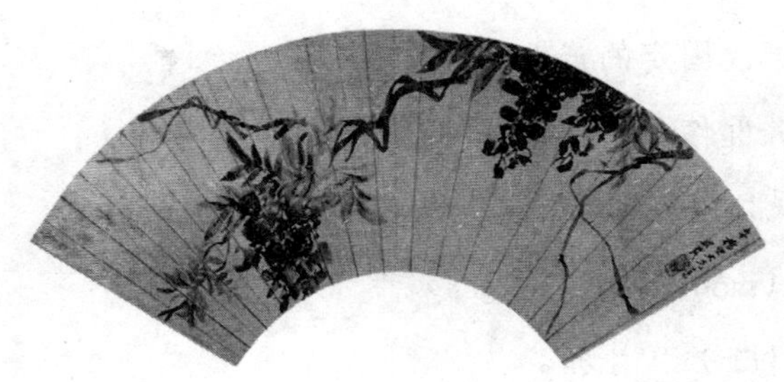

这终究不是它的时代

孟子《齐桓晋文之事章》（节选）

曰：“无恒产[①]而有恒心者，惟士为能。若民，则无恒产，因无恒心。苟无恒心，放辟邪侈[②]，无不为已。及陷于罪，然后从而刑之，是罔民[③]也。焉有仁人在位，罔民而可为也？是故明君制民之产，必使仰足以事父母，俯足以畜妻子；乐岁终身饱，凶年免于死亡；然后驱而之善，故民之从之也轻。今也制民之产，仰不足以事父母，俯不足以畜妻子；乐岁终身苦，凶年不免于死亡。此惟救死而恐不赡[④]，奚暇治礼义哉！王欲行之，则盍反其本矣。五亩之宅，树之以桑，五十者可以衣帛矣；鸡豚[⑤]狗彘[⑥]之畜，无失其时，七十者可以食肉矣；百亩之田，勿夺其时，八口之家，可以无饥矣。谨庠序[⑦]之教，申之以孝悌之义，颁白者[⑧]不负戴于道路矣。老者衣帛食肉，黎民不饥不寒：然而不王者，未之有也。”

【注释】

①恒产：固定的产业。

②放辟邪侈：纵逸放荡，行为不轨。

③罔民：陷害百姓。罔，同“网”，用作动词。

④赡（shàn）：足，及。

⑤豚（tún）：小猪。

⑥彘（zhì）：大猪。

⑦庠（xiáng）序：古代学校的名称，周代叫庠，殷代叫序。

⑧颁白者：头发花白的老人。颁，同“斑”。

孔丘为实现“天下为公”而疲马凋车流离辗转于诸侯列国；老子为建成“无为而治”的国家而挣扎于现实与梦幻的罅隙中；陶渊明为寻觅心灵的宁静而在并不存在的桃花源中沉醉不复醒。在无涯的时间中，理想国的构建从来都未间断过，然而这份生在云端的梦想，总是无法嫁接到现实中来。

在用武力示威的战国时代，列强纷争，总是用兵卒刀戟兼并别国，“争地以战，杀人盈野，争城以战，杀人盈城”也便成了常事。况且齐国向来以强国称霸中原，齐威王曾在桂陵、马陵大败魏军，齐宣王继承其父威王遗业，野心勃勃，自然要以武力威慑诸侯。而孟子却宣扬带着梦幻色泽的政治理想，注定不会被君王采纳。

这份理想，太过薄脆，无法抵挡黑暗锋利的现实；它又太过沉重，无法为不存仁慈的现实所承受。然而结果纵然重要，但圣人从不会因它会幻化成泡沫而停止追逐的脚步。于是孟子在受到齐宣王的接见后，仍是遵循心的指示，循序渐进地对君王提出了“保民而王”的观点以及可行措施。

他说先让百姓拥有“恒产”，即拥有能够长久维持生活的产业，使百姓“仰足以事父母，俯足以畜妻子，乐岁终身饱，凶年免于死亡”；拥有了“恒产”，黎民自然便有了“恒心”，能够对君主和国家保持长久不变的忠诚，在双赢互惠中，百姓得以安居乐业，国家得以称霸群雄。所谓“仓廪实而知礼节，衣食足而知荣辱”便是这般。

而后，孟子为齐宣王泼染了一幅实施仁政后出现的社会

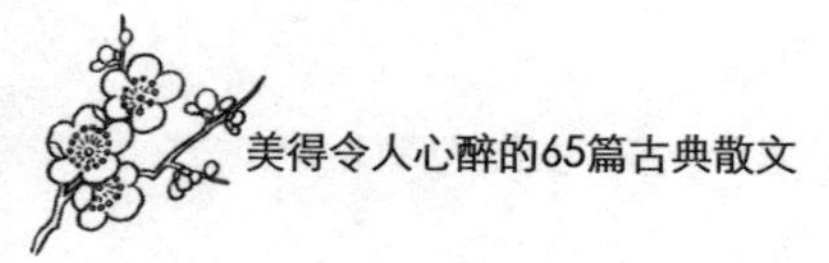

蓝图：五亩的宅院里种满桑树，五十岁的人可以穿上丝织的衣服；莫要耽误鸡、猪、狗等牲畜繁衍的时机，七十岁的人便可食肉；勿要扰乱庄稼生长的农时，百亩的田地可以保证八口之家不会挨饿；教育百姓时遵循孝敬父母、爱护兄弟的伦理道义，年老者就不必在道路上背负重物——长此以往，“老者衣帛食肉，黎民不饥不寒”的局面就能出现，齐宣王就可以实现“王天下”的目的。

这幅蓝图，让齐宣王口服心服，但在战国列强纷争的时代，这不过是一场镜花水月的幻想，找不到可以种植的土壤，更开不出绚丽的花朵。这终究不是孟子的时代，尽管他长于论辩，善用譬喻，坚持在漫漫黄尘之中宣扬自己的思想，最终仍然被时代所抛弃。然而，齐国早已在岁月中化为了一粒尘埃，而孟子那“民贵君轻”的思想，那物阜民丰的蓝图，至今仍是人们追求的理想。如若孟子泉下有知，想必也会感到欣慰。

得道者凯旋

孟子《天时不如地利章》

孟子曰：

天时[1]不如地利[2]，地利不如人和[3]。

三里之城，七里之郭，环而攻之而不胜。夫环而攻之，必有得天时者矣；然而不胜者，是天时不如地利也。

城非不高也，池非不深也，兵革非不坚利也，米粟非不多也，委而去之，是地利不如人和也。

故曰：域民不以封疆之界，固国不以山溪之险，威天下不以兵革之利。得道者多助，失道者寡助。寡助之至，亲戚畔[4]之；多助之至，天下顺之。以天下之所顺，攻亲戚之所畔，故君子[5]有不战，战必胜矣。

【注释】

①天时：时令、气候，此处指时日干支、阴阳五行等是否有利于作战。

②地利：城高池深、山川险要等对攻守有利的地理形势。

③人和：人心所向。

④畔：通“叛”，背叛。

⑤君子：推行仁政的明君。

民心所向，以实现“人和”，始终是孟子倾尽全力劝谏君

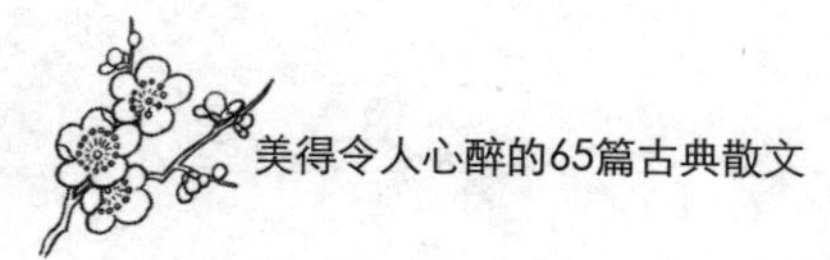

王采纳的主张，而在轻视仁政、崇尚武力的战国乱世，孟子和儒家先贤孔子一样，其主张犹如架在天边那道绚丽的彩虹，眨眼的工夫即可消失。故而，孟子那雄辩滔滔的姿态里，总是带有几分悲壮与无奈的色调。

“天时不如地利，地利不如人和”，因表达凝练、对仗工整、蕴含精妙哲理，这句话成为脍炙人口的格言警句。仅仅十个字便道尽了战争成败的三个要素：天时，即好的机遇、时运；地利，即地理环境的优越；人和，即黎民的依附与支持。纵然三者缺一不可，但孟子认为人心向背将最终决定战争的走势。

假如一个方圆三里的城市有方圆七里的外墙，军队将其包围、进攻，却很难取得胜利。一支军队能够为包围城市，已经算得上得到了良好的机遇，而最终却仍是铩羽而归，只是因被围城市拥有优越的地理条件，故而，“天时”比不上“地利”。

如若一座城市，城墙高大坚固，护城河幽深广阔，将士兵器锋利尖锐，城内粮食储备充足丰阜，却由于战败而不得不弃城而逃，因此，“地利”比不上“人和”。

卫懿公即是“委而去之”的典型代表。卫懿公嗜好养鹤，在宫廷定昌、朝歌西北鹤岭、东南鹤城等处，均设立养鹤的地点。其鹤如官有品位俸禄：上等者食大夫禄，较次者士禄，甚至出游时，也要将鹤带在身边，载于车前。因好鹤成瘾，朝政便渐渐荒废，民间疾苦也充耳不闻，自然民怨沸腾。公元前北狄突然入侵卫国，卫懿公情急之下召集黎民兵士作战，但百姓将士皆隐遁山野，不肯出战御敌，即便有些士兵被抓回，也毫无畏惧地对卫懿公说：“派鹤去打仗吧，它们拥有俸禄和官职，我们怎么能作战？”于是，卫国战败，卫懿公被杀，国家几近灭亡。

如此看来，战争的胜败取决于人心向背，而人心向背又取决于君王是否“得道”。一个国家欲要管理百姓并不凭借边境的划定，想要令国家安定不凭借天险的优势，想要令天下臣服亦不凭借军队的强势，立国之本应当是“得道”。所谓“得道”，在孟子看来，即是推行儒家主张的仁政。得道者，全天下的人皆会归顺；失道者，身边的至亲都会背叛，如若凭借全天下的归顺去攻伐众叛亲离的失道者，得道者自然会取得最终的胜利。

遗憾的是，这样逻辑严密、论证有力、情感充沛、气势高昂的劝谏，不过是得到了天子及众臣的无情嗤笑嘲弄。

历史已成为往事

贾谊《过秦论》（节选）

始皇既没，余威振于殊俗。然而陈涉瓮牖[1]绳枢之子，氓隶之人，而迁徙之徒也。材能不及中人，非有仲尼、墨翟之贤，陶朱、猗顿之富。蹑足行伍之间，俛起阡陌之中，率疲散之卒，将数百之众，转而攻秦。斩木为兵，揭竿为旗，天下云集而响应，赢粮而景从，山东豪俊，遂并起而亡秦族矣。

且夫天下非小弱也，雍州之地，崤函之固自若也。陈涉之位，非尊于齐、楚、燕、赵、韩、魏、宋、卫、中山之君也；锄耰[2]棘矜，非铦[3]于钩戟长铩[4]也；谪戍之众，非抗于九国之师也；深谋远虑，行军用兵之道，非及曩时之士也。然而成败异变，功业相反。试使山东之国与陈涉度长絜[5]大，比权量力，则不可同年而语矣。然秦以区区之地，致万乘之势，招八州而朝同列，百有余年矣。然后以六合为家，崤函为宫。一夫作难而七庙[6]隳[7]，身死人手，为天下笑者，何也？仁义不施，而攻守之势异也。

【注释】

①牖（yǒu）：窗户。

②耰（yōu）：古代一种农具，用来弄碎土块、平整土地。

③铦（xiān）：锋利。

④铩（shā）：古代的兵器，大矛。

⑤絜（xié）：用绳圈量。

⑥七庙：古代帝王按照宗法设置的祭祀祖先之地。

⑦隳（huī）：毁坏，崩毁。

想必征服天下的秦始皇永远都不会想到，他的千秋帝王梦，不过勉强支撑了两代便灰飞烟灭。秦始皇称霸全国可谓占尽天时、地利、人和。彼时周王室名存实亡，诸侯互相残杀，是谓天时也。据守着崤山、函谷关险峻的地势，拥有雍州的土地，是谓地利也。商鞅、张仪、李斯等贤臣，为国出谋划策，是谓人和也。

最终秦国进军诸夷，南缚百越之君，北却匈奴七百余里，外"胡人不敢南下而牧马"，内"士不敢弯弓而报怨"。一内一外，始皇之功发挥到了极致。秦始皇致力于修建万世不朽的功业，在统一后开始制定各种政策：不焚书坑儒，修建长城，收敛天下兵器，建造坚不可摧的城墙。欲要建立"子孙帝王万世之业"，只是他不曾想到用取天下的方法，来守天下，无疑在国之城堡中放进了一只蠹虫，会渐渐将其挖空，直至坍塌。

果然，秦始皇去世不久，看似坚不可摧的秦国就陷入了泥淖。以陈涉为首的农民起义揭竿而起，他们出身微贱、才能平庸、毫无力量，在各个方面皆无法与六国相抗衡，但这支队伍却迅速将秦国打垮，实现了六国没有实现的梦想，战胜了秦国。

历史虽已成为往事，但仍值得后人擦掉其上布满的尘埃，

蓮花峰下簡禪師半醉
社吟索賦詩榻上諸僧
禪定後水邊高閣莫鐘
時不堪雨柳縈春夢且
看書燈照夜棋苔羨雲
栖松上鶴吾生漂泊竟何
之
蜀山徐賁爲
易道禪師寫贈

去寻找为当下所能用的答案。贾谊写下这篇《过秦论》时，西汉立国已四十余年，经过几代皇帝的治理，国家渐渐由动荡变得安定，但各个诸侯国却愈来愈嚣张，来自北方匈奴的威胁亦未曾解除。在这种情势下，贾谊将秦国灭亡归结为“不施仁政”，用以劝诫汉文帝，唯有以仁治国，方能稳固国之根基。

于是他说秦国在势力弱小时，没有毁于六国之手；在其强大之后，却亡于草莽刀下。试想，陈涉的地位，没有比齐、楚、燕、赵、韩、魏、宋、卫、中山国的国君更为尊贵；锄头木棍，不比钩戟长矛更为锋利；迁谪戍边的士兵，不能与九国军队相抗衡；深谋远虑、行军用兵的策略，自然也比不上此前的谋士。然而，以天下作为家业，用崤山、函谷关作为自己内宫的秦国，在顷刻之间，便宗庙尽摧，国毁君亡，究其原因，是因为“仁义不施，而攻守之势异也”。

《史记·屈原贾生列传》中对贾谊的政改的记载：“贾生以为汉兴至孝文二十余年，天下和洽，而固当改正朔，易服色，法制度，定官名，兴礼乐，乃悉草具其事仪法，色尚黄，数用五，为官名，悉更秦之法。”此是贾谊从秦国灭亡找寻到的答案，而后便提出了具体的措施，但因触动了权贵者的既得利益，而遭到强烈反对，最终文帝听信谗言，贾谊被贬到长沙，做了长沙太傅。

历史总是这般让人遗憾，美人香草永远都在对岸隐隐招摇，而此岸的人，却如何也不能渡船而过，将美人拥在怀里，将香草采撷到手中。

这是谁家的天下

骆宾王《代李敬业传檄天下文》(节选)

敬业皇唐旧臣，公侯冢子[①]。奉先君之成业，荷本朝之厚恩。宋微子[②]之兴悲，良有以也；桓君山之流涕，岂徒然哉！是用气愤风云，志安社稷。因天下之失望，顺宇内之推心，爰举义旗，誓清妖孽。南连百越[③]，北尽三河[④]，铁骑成群，玉轴[⑤]相接。海陵红粟[⑥]，仓储之积靡穷；江浦黄旗[⑦]，匡复之功何远。班声动而北风起，剑气冲而南斗[⑧]平。喑呜则山岳崩颓，叱咤则风云变色。以此制敌，何敌不摧；以此攻城，何城不克！

【注释】

①冢子：长子。

②宋微子：殷纣王的庶兄，名启，周武王灭殷之后，将他封为宋。他路过殷之故都，内心悲伤，作《麦秀歌》。

③百越：泛指今南方沿海地带。

④三河：河东、河内、河南，在今山西、河南一带，即指中原。

⑤玉轴：指船。轴，通“舳”。

⑥海陵：今江苏省扬州市。红粟：指陈年的米。

⑦黄旗：指黄旗紫盖状的云气，象征帝王统一的气象。

⑧南斗：斗宿。

李敬业是唐开国元勋李勣长孙，九月，他同薛璋、唐之奇、杜求仁以及客居扬州的骆宾王等人，以恢复唐中宗帝位为号召，在扬州发动暴动。当时骆宾王担任艺文令一职，写下了这篇流传千古的檄文。

作为中国历史上唯一一个被史学家承认的女皇帝，武则天卓越的政治才能在日后巩固贞观之治中发挥得淋漓尽致，也为将来的开元之治打下了基础。但也正因其工于心计，在历史上留下了不光彩的一页，就连被封为太子的两个亲生骨肉都被她先后杀害，更不必说忠于李唐的其他官员了。

骆宾王在仕途上备受打击，他先是被人诬陷而入狱，继而因心高身卑而被人排斥，长期的压抑使他对武后政权心存不满。恰此时李敬业起兵，为他提供了一个扬眉吐气的机会，所以在这篇得以公开抨击武后的文章中，作者无所不用其计，表达了对“贞观之治”的怀念以及对武则天暴政的反对。

文章主要以骈俪体为主，整饬之中又略显活泼，体现出了独特的美感。读起来充满节奏感，如不尽长江滚滚而来，堪称声情并茂之作。